「アシュレン様、さすがに近い、です」
「はは、珍しくライラの照れている顔が見れた」

Contents

虐げられた秀才令嬢と隣国の腹黒研究者様の

甘やかな薬草実験室

1. ジルギスタ国での日々

「ライラ、この書類を明日までに。それから明日の朝、今している研究の結果について第二王子殿下にご報告するので、結果を出して簡単に纏めておいてくれ」

「畏まりました」

ここはジルギスタ王宮内にある薬草の研究所。

職員は三人だけの小さな部署で、時間は夜の七時。

今日も徹夜かと、私のお腹が小さくぐぅと鳴る。

コの字型に並んだ机は、上司であり私の婚約者のカーター様が真ん中。その左右に向かい合うように、私と双子の妹・アイシャの机が並ぶ。違いと言えば、私の机にだけ頭の高さほど書類が山積みにされていること。

その書類の山の向こうをカーター様が足早に通り過ぎていく。ふわりと巻き起こった風に書類が飛びそうになり、慌てて手で押さえると「少しは妹を見習って整理をしろ」と言われてしまった。

「はぁ」

パタン、と大きく閉まる扉の音を聞いて、私は思わず机に突っ伏す。もう何日も碌に寝ていない。慢性的な睡眠不足で体が重いし頭痛がする。

この国で薬草の研究をしている者は少ない。

様々な薬草の特性を調べ、そこから新しい薬を作るのだけれど、研究はいつも成功するとは限らない。時には研究結果が出るまで何年もかかることもある。

その間、別の部署の同期が、どんどん先に出世していくのを指を咥えて見ていなきゃいけないわけで、簡単に言えば人気がないのだ。

ここの研究結果として完成した薬が、製薬課の手によって日々大量に作られ流通しているので、決して役に立っていないわけではないのだけれど。

そんな薬草研究所で代々所長をしているのが、私が嫁ぐ予定のレイビーン伯爵家。今はその嫡男であるカーター様が所長をしていて、人手不足のために婚約者の私と妹が駆り出されている。

私、ライラ・ウィルバス子爵令嬢とカーター・レイビーン伯爵令息の婚約が決まったのは四年前、私が十五歳、カーター様が二十歳の時。

祖父が薬草研究所でかつて優れた研究結果を出したこともあり、ウィルバス子爵家は将来にわたってレイビーン伯爵家を支えるようにという国王陛下の命を受けての婚約で、私もその意に応えるようずっと知識の習得に励んでいる。

「朝までに研究結果を出せということは徹夜ね」

やるしかない。

私は腕まくりをして隣の実験室に向かったのだけれど……。

「何これ」

沢山の試験管とビーカー、フラスコが流し台に山積みになっている。しかも、液体が入ったままのものも多数。沈殿物がこびり付くと洗うのが大変なのに！

「アイシャ、また洗わずに帰ったのね」

流し台に両手を置きがっくりと項垂れる。

アイシャが仕事を放り出して帰るのは今に始まったことではないけれど、疲れがどっと肩にのしかかってきた。

「仕方ないな、とりあえずこれから始めるか」

研究室の端にある水瓶から水を汲み、流し台に溜める。汚れのこびり付いたものは暫く水に浸けておくことに。

まだ比較的綺麗なものを手に取り、順に洗っていく。

アイシャは薬草の研究に興味がないようで、学園での成績は下の下。でも、両親は女なんて少し馬鹿なほうが愛嬌があって可愛いと、悪い成績表さえチャームポイントだと笑っていた。

反対に最優秀生徒だった私は可愛げがないらしい。「勉強してどうする」「男より成績がいいなんて恥知らず」と怒られたことも。

それでも、カーター様の役に立てるなら構わない。

赤い髪に緑の瞳、彫刻のように整った容貌のカーター様は、平凡な容姿の私には勿体無いぐらい素敵な方。茶色の巻き髪に赤銅色の瞳の私は、せめて中身だけでも釣り合うようにと頑張ってきた。

せめてアイシャぐらい綺麗ならよかったのだけれど。

双子だからといってそっくりなわけではない。私が父親似なのに対しアイシャは母親似、ピンクブロンドの髪とルビーのような赤い瞳は、私のくすんだ赤色とは違って見惚れるぐらい綺麗な色。透明感溢れる肌に白魚のような手、神様によって繊細に作られたお人形のような容姿をしている。

……だめだめ、誰かと比べちゃ。

私は私。

できることをしっかりとやり遂げ積み重ねれば、きっとカーター様は分かってくださる。

そう思っていた。

この夜までは。

次の日の朝、徹夜で纏めた研究結果を見直していると、カーター様と妹が一緒に研究所に現れた。

「おはようございます」

「おねえさま、おはよう」

「ライラ、書類はできているか?」

「はい、こちらに纏めています。説明してもよろしいですか」

並んで入室してきた二人の距離が近い気がしたけれど、気のせいよね。

それより報告をしなければ、すごくいい結果が出たのだから。

私はカーター様に書類を手渡すと、興奮で早口にならないよう気をつけながら、話し始める。

「ずっと研究してきた小麦の大量枯れについてですが、やはり収穫の数ヶ月前に降る降水量と関係があると思われます」

私達の研究はなにも人が使う薬だけではない。もちろんその研究もしているけれど、今しているのは農薬の研究。

この国は小麦の大量生産国で他国に輸出もしている。でも、数年に一度の割合で小麦の大量枯れが起こるのだ。その度に国民は餓え、輸出品が無くなることで国力も衰える。

小麦の収穫はこの国では八月頃。春から初夏にかけての降水量がある一定量を越すと、大量枯れが起こることがこれまでのデータで分かっている。そこで、この雨によって見えない細菌が活性化しているのではとカーター様は予想した。

「湿気によって爆発的に増える菌に特化した農薬作りに成功しました」

「効果はどれぐらいもつ」

「二ヶ月ほどかと。六月頃に散布するのがいいと思います。こちらが実験結果のデータで、対象となる菌の繁殖を抑えているのが分かります。もちろん人体に害はありません」

私は数字が並んだ表とグラフを指さすと、カーター様は満足そうに頷いてくれた。

「分かった。では、これは俺の名前で第二王子殿下に報告する」

「……カーター様の名前で、ですか」

「なんだ、不満でもあるのか!?」

「い、いえ。そんなことは、カーター様のされた研究ですので」

私が慌てて胸の前で手を振ると、カーター様は当然だというふうに頷く。

でも、その結論に至るまでのデータを集めたのも、研究を重ねたのも全て私。カーター様は何一つされていない。

「あの、それで、例の山岳地帯の調査に行ってもいいでしょうか?」

小麦の大量枯れが国中で起きる中、一箇所だけそれが起きない地域があった。隣国カニスタ国との国境にある山あいの小さな村。私はその現地調査に行きたいと前から頼んでいたのだ。

「あの地域の小麦と土、水は既に研究所に運んで調査済みだろう」

「ですが、やはり何かがあるのかと。現地に行って確認したいのです」

「必要ない。農薬はもうできたのだから、この研究は今日で終わりだ。ライラは次の研究に取りかかれ」

でも、という言葉を私は飲み込む。

確かにカーター様の言うことは正しい。

この農薬ができたのだから、わざわざあの山岳地帯に行く必要は無い。

でも、研究者の勘、というか。

なぜあそこだけ大量枯れが起きなかったのかを明らかにしなきゃいけないと思う。

とはいえ、勘だけで行かせてください、なんて言えるはずもなく、私は頷くしかなかった。

ただ、この研究結果に対して第二王子殿下がどのような反応をされるのか見てみたいと思う。

例え私の名前が表に出なくても、第二王子殿下がカーター様を褒められ、お認めになる姿を傍(そば)で見たい。それはきっと自分が褒められることより嬉しいことだから。

「あの、第二王子殿下への報告にご同行させて頂けませんか？」

「お前がか？　何のために。まさか、自分が研究した結果だとその場で言うつもりか？」

「とんでもない、そんなつもりはありません」

「おねえさま、カーター様に我儘(わがまま)を言ってはいけませんわよ」

突如妹が会話に入ってくる。いつの間に私の後ろにいたのか、トレイに載せた紅茶をカーター様の机にそっと置くと、ふわりと優雅に笑った。

「申し訳ありません。お茶の用意もできない気の利かない姉で」

「なっ、私は今報告を」

報告しながらお茶を淹れるなんて、できるわけがないでしょう？　それに私は、昨晩から水一滴飲まずに研究を続けていたのよ。

これにはカーター様も何か仰ってくれるはず、と思ったのに。出てきた言葉は私が望むものではなかった。

「全くだ。女性はアイシャのように細やかな気配りができないとな。そうだ、アイシャ。お前が一緒に報告についてきてくれないか？」

「私がですか？」

「あぁ、アイシャは愛嬌があるし気配り上手で華がある。第二王子殿下に対しても、俺の努力をうまく伝えてくれそうだ」

「はい！　お任せください」

「カーター様、お待ちください。それなら私にもできます。私を連れて……」

「断る。無愛想なお前など連れて行っても場がしらけるだけ。それに次の研究に取りかかれと言ったはずだ」

ピシャリと言い放つと、カーター様は紅茶を飲みながら私に対してもう用はないと手を振る。

「分かりました」

諦めて立ち去ろうとすると、妹が耳元で「せめてカーター様が飲んだカップぐらい洗ってね」と囁（ささや）いた。

この時、私は自分の中の何かが壊れる音を聞いた。

第二王子殿下への報告を終え一ヶ月。

私は相変わらず仕事漬けの日々を送っている。

今夜は王城で各国から要人を招いた夜会がある。私は午後に言われた仕事が中々終わらず、晩秋の夕暮れの中、急いで馬車を走らせ帰宅した。

「ただいま戻りました」

「ライラ、あなたこんな時間に帰ってきて何を考えているの？」

「申し訳ありません、お母様。ですが仕事が……」

「また仕事。本当、あなたは要領が悪いのだから。アイシャを見習いなさい。あの子はお昼前にちゃんと帰ってきて身支度を既に整えているわ」

命じられた仕事に加え、そのアイシャがすべき仕事も片付けて帰ってきた私に対し、お母様は眉を吊（つ）り上げる。

「お母様、おねえさまを責めないで。人には向き不向きがあるのですから」

鈴を鳴らすような声を響かせながら、エントランスへ続く階段をアイシャが降りてくる。ピンク色のオーガンジーのドレスに、高く結い上げた髪には花の形の髪飾りが輝いている。

早く帰って磨き上げた身体からは薔薇(ばら)の香が漂い、瑞々しい肌は透けるかのように白い。

「あぁ、とても綺麗よアイシャ。ライラ、よくご覧なさい。アイシャは毎日早く帰宅して、髪や肌の手入れを欠かさないの。それに対してあなたは何？　仕事ばかりして夜遅く帰宅し、美しくあるための努力をしないなんて令嬢として失格よ。少しはアイシャを見習いなさい」

お母様は私とアイシャを見比べると、出来損ないの私に冷たい視線と言葉を浴びせた。

女にとって一番重要なのは、殿方を惹(ひ)きつける容姿であること。そのために自分を磨き、見初められるのが女の幸せだというのがお母様の持論だ。

「奥様、カーター様が来られました」

「夜会のエスコートに参りましたが、ライラ、まだそんな姿でいたのか？」

サッと私の全身を見ると、舌打ちすらしないものの明らかに不機嫌な声を出す。

「申し訳ありません。頂いた資料以外にも確認したほうがいい事例がないか探しておりました」

カーター様に渡された資料だけで不十分なのは今に始まったことではない。お忙しいカーター様に代わって、細かい資料を集めるのも私の仕事だと言われている。それらを探していたら遅くなってしまったのだ。それなのに。

「俺が渡した資料だけでは足りないというのか」

「そうではありませんが、でも、カーター様は以前……」

「あぁ、もういい。お前はすぐに、『でも』や『だって』と口にする。実に可愛げがない。妹のアイシャを見習ってもう少し素直になったほうがいいぞ」

お母様と同じ言葉に私は唇を嚙む。どうして、とまた口から出かけたけれど、それを飲み込みじっと耐える。

「ほらほら、ライラ、カーター様の仰る通りよ。女は殿方の言うことを聞いて、可愛く装うことに努力すべきなの。カーター様、せっかく来て頂いたのに至らない娘で申し訳ありません。急いで準備させますので、ひとまずアイシャと会場にお向かいください」

「そうしましょう。この夜会ではカーター様の研究結果に対し褒賞もされるのですから、遅れるわけにはまいりませんもの」

えっ、褒賞。

そんなこと私聞いていない。

私の名前で発表されることはなくても、あの研究結果を出したのは私だ。

それなのに、これでは全く蚊帳の外。

カーター様は驚く私の様子すら気に留めることなくアイシャの手を取ると、優しく微笑み馬車へと向かった。

パタン、と閉じられた扉。

残された私を見て、お母様は「さっさと用意しなさい」とだけ言い捨て階段を上がっていった。

私もそれに続くようにトボトボと階段を上がると、一人バスルームに向かう。もう何年も前に私専属の侍女はいなくなった。仕事が忙しくて、帰ることすらままならない日が続いた時、必要ないから首にしたとアイシャから聞かされた。

小さい時からお世話をしてくれた侍女に、私は別れの挨拶すらできなかった。

湯はとっくに冷めていたので、仕方なく固く絞ったタオルで身体を拭き、ドレスに着替える。もう何年も夜会に行っていないから十五歳の時に仕立てたドレスしかない。

十九歳の私には幼いデザインばかりで、その中では一番大人っぽい紺色のドレスを選んだ。

「胸元の大きなリボンを外せば着られるかな。髪は、オイルを馴染(なじ)ませて……ハーフアップなら自分でできるかも」

碌に手入れをしていない髪は、オイルを塗ったぐらいで艶は出ない。髪はボサボサだし、疲れた肌のせいで化粧ノリは最悪。すっかり痩せた身体はドレスの中で浮いていて不恰好(ぶかっこう)極まりない。

それでも私が夜会に向かったのは、研究結果に対する褒賞があるから。カーター様に向けられた賞賛の言葉であっても、自分の耳で聞きたかった。

それなのに、辿り着いた夜会は既に褒賞が終わり、軽快な音楽が流れていた。

煌びやかなシャンデリアが重たげに天井から垂れる下で、人々は愉しそうに手を取りステップを踏んでいる。

「あぁ、間に合わなかったのね」

落胆のため息が自ずと溢れる。何をやっても駄目だな。私はただ、この国で暮らす人が少しでも豊かになるために、そして何よりカーター様のために頑張ってきたのに。

「ライラ、来たのか」

「カーター様！」

入り口付近で佇む私をカーター様が迎えに来てくれた。ただそれだけのことなのに、沈んでいた気持ちが浮上する。

「お待たせして申し訳ありません。褒賞はもう終わったのですね」

「あぁ、それでお前に話がある。ついてきてくれ」

「はい」

カーター様は踵を返すと足早に歩き始める。慣れないドレスと靴ではあとを追うだけでも大変。ドレスを持ち上げ、小走りになりながら後ろをついていくと、沢山の人が集まっている場所でカーター様は立ち止まった。

「殿下、連れて参りました」

殿下、という言葉に緊張が走る。

カーター様の向こうに見える銀色の髪の男性は見間違うはずもなく、この国の第二王子殿下。

ああ、カーター様はやっぱり私をお認めになっていたのね。研究結果はカーター様の手柄で構わない。それでも、苦労を労う言葉は欲しいと思ってしまうもの。

「初めまして……」

「ライラ、俺はお前との婚約を解消しアイシャと結婚する」

カーテシーで挨拶をしようとしたところを、カーター様の言葉によって遮られてしまう。

えっ？　今、何と仰ったの？

「婚約解消……？」

何かの聞き間違いかとカーター様を見ると、アイシャがスッと現れカーター様の腕に手を絡ませる。

「あ、あの。これはどういう」

「この婚約はもともと、薬草の研究に取り組む我がレイビーン伯爵家のために王家が縁組をしてくれたもの。それを勝手に解消するわけにはいかないと今まで我慢していたが、この度、第二王子殿下が婚約者をアイシャに代えることを了承してくださった」

アイシャはもたれかかるようにカーター様に寄り添い、庇護(ひご)欲をそそる笑顔を浮かべる。

「理由をお聞かせ頂けませんか？」

震える声を抑え、私はできるだけ冷静を取り繕った。本当は泣き喚(わめ)きたい気分だけれど、そんなことをしたらウィルバス子爵家の名に泥を塗ってしまう。それに目の前には第二王子殿下がいるのだもの、失態は見せられない。

ぎゅっと拳を握り、ドレスの中で震える足を踏ん張っていると、予想外の方(かた)から声をかけられた。

「なるほど、確かにカーターの言う通りだな。こんな状況で顔色一つ変えないなど、実に冷淡な令嬢だ」

「第二王子殿下……」

「お前の話はカーターから聞いている。仕事の要領が悪く研究の足手纏いであるにも関わらず、女の癖に意見や主張ばかりして可愛げがない。挙句の果てにカーターの研究結果を自分のものだと主張したとか」

「そんなっ、お言葉ですが私はそのようなことは……」

すると、第二王子殿下は黙れとばかりに私に手のひらを向け発言を制し、冷ややかな視線を向けてきた。

「そして、口にするのは『でも、だって』など自己弁護の言葉ばかり。今も、まさしくその通りだな」

これ以上の発言を許さないと、その目が、態度が言っている。第二王子殿下から発せられる威圧感に、顔から血の気が引き背中を冷や汗が流れた。

「第二王子殿下は目立つことしか考えていないお前より、俺を陰で支えてくれるアイシャのほうが婚約者に相応しいと認めてくださった」

「おねえさま、ごめんなさい」

「アイシャが謝ることはない。全てライラが至らないからだ。ウィルバス子爵には俺から説明するからお前は出しゃばるな」

目の前で熱い視線を交わす二人。

いつかこういう日が来るのでは、と心の片隅で思っていた。

——もうどうでもいい。

諦めとも落胆とも取れる感情が胸に湧き上がる。

私の努力なんて誰も見ていない。

私の言葉を誰も聞いてくれない。

自分の考えを述べれば可愛げがないだの、自己弁護だの言われ、もう何も言う気が起きなかった。

私を悪者だと決めつけ弁解の余地もくれないこの国の第二王子殿下も、私を利用するだけの婚約者も、妹もいらない。

「分かりました。婚約解消を受け入れます」

「よかったよ、理解してくれて」

「それから研究所も辞めます」

「なっ、お前！」

私の言葉はカーター様にとって思いもよらないものだったらしく、瞠目（どうもく）してこちらを見てくる。

「私は要領も悪く、カーター様を支えることもできません。これ以上いても足手纏いになるだけですから」

「お前、そういうところが可愛いげがないと言っているんだ。拗（す）ねて意地悪く俺を困らせ楽しむなど、性格が捻（ひね）くれているにもほどがある」

「そうよ、おねえさまだって心を入れ替えれば、カーター様も今までのことを許してくださるわ」

急に二人が慌てだす。

そうよね、二人だって本当は気づいている。

誰が研究をし、誰が雑用をしているか。

私がいなくなれば研究所がどうなるか。

「そう思われるなら尚更、私を辞めさせたほうがよくないですか？　私ごとき、代わりになる方は沢山おられましょう。殿下、至らない私より相応しい方をカーター様と妹のために手配して頂けませんでしょうか」

「なるほど、女の癖に男の言葉にいちいち反抗する。確かにお前がカーターの役に立つことはないだろう。心配するな、お前より優秀な人材は大勢いる」

第二王子殿下が侮蔑の視線を投げてくる。

この人もカーター様と同じ。双方の意見を聞こうなんて頭は持っていない。

「では失礼いたします」

私は自分にできる精一杯のカーテシーをし、その場をあとにした。そして、そのまま扉に向かい会場から立ち去る。

人がまばらな廊下にカツカツと私の靴音が響く。

これから先のことは、今は何も考えられない。

お父様とお母様はアイシャが婚約者となって喜ぶでしょう。二人にとって大切なのはアイシャだけなのだから。

「あの、すみません。少し私に時間を頂けませんか？」

突然背後から声をかけられ振り返ると、背の高い見知らぬ男性が立っていた。

私より少し年上で、銀色の髪にアイスブルーの瞳、すっと通った鼻筋の整った顔をした貴公子は、やはり私の記憶にない人。

「申し訳ございませんが私は帰りますので、ダンスなら他の方を」

「いいえ、ダンスの誘いではありません。もちろん踊って頂けるなら嬉しいですが、多分貴女は今そんなお気持ちではないかと」

貴公子は、軽薄そうにも見える薄い唇に笑みを浮かべると、「五分だけ時間をください」と私を廊下の隅に連れて行く。

「強引な方ですね」

「普段はもう少し紳士的に振る舞うのですが、今日は時間がないので強硬手段をとりました。私は隣国・カニスタ国から参りましたアシュレン・ナトゥリと申します」

「ライラ・ウィルバスです」

隣国の人が私に何の用事があるのでしょう。

確かナトゥリ家といえば、古くから続く侯爵家のはず。

「実は先程、第二王子殿下の近くにいました」

「そうですか。では、私の婚約解消もお聞きになっていらっしゃったのですね」

全く知らない第三者の前で醜態を晒(さら)したのかと思うと今更ながら恥ずかしい。

ただ、なぜアシュレン様が私を呼び止めたのかが分からない。物語なら隣国の王子が現れ、実は昔から君を好きだと突然愛を囁き、ヒロインを横抱きにして連れ去るのだろうけれど、どう考えても初対面。

それに、睡眠不足でボロボロの肌と髪、サイズの合わないドレスを着た私に懸想する人はいないだろうし、目の前の彼からはそんな甘い雰囲気は微塵も感じられない。そう、どちらかと言えば。

「腹黒って感じよね……」

「ライラ嬢？」

「あっ、いえ何でもないわ。ところでご用は何でしょう」

アシュレン様は切れ長の瞳を細めると、すっと私に近寄ってくる。そして耳元で呟いたのだ。

「カーター殿が褒賞されていた研究結果は貴女のものだな？」

「!!」

思いもよらない言葉に心臓が跳ね上がる。

どうしてそんなことが分かったの？

唖然とアイスブルーの瞳を見つめ返す私に、アシュレン様は口角を上げた。

「どうして分かったのか、という顔だな。理由はこの手。あの農薬を作るのに必要な薬草にはかぶれるものがあるのに、カーター殿やアイシャ嬢の手は白く、湿疹はおろか赤みすら出ていない。それに対し貴女の指は赤く腫れ、所々血が滲んでいる」

　薬草の扱いには十分に気をつけている。それでも研究していれば目に見えないほどの飛沫が皮膚に付着することもあるし、使用したビーカーを洗う時にこびり付いた粉末が手に付くこともある。

「よく気づきましたね。アシュレン様も薬草の研究者ですか？」

「ああ、カニスタ国の研究室で副室長をしている」

　カニスタ国は我が国の南に位置し、国土は五分の一程度。文武共に我が国より五十年は遅れていると言われている。

「要職に就いていらっしゃる方が、私にどのような御用がおありなのですか」

　まさか求婚なんて展開やめてね、と思っていたら、アシュレン様はクスリと笑う。

「ここで愛を囁けばロマンティックなのだろうが、生憎そのような言葉は持ち合わせていないし、貴女も望んでいないだろう」

「もちろん。初対面の方にそんなこと言われても馬鹿にされているとしか思えません」

「同感だ。ご安心を、俺は貴女をスカウトしに来た。どうかその力を俺に貸して欲しい。俺達の国でライラ嬢の才能を開花させてもらいたい。もちろん俺ができることは何でもサポートする」

　スカウト？

私を？

パチパチと瞬（まばた）きする私にアシュレン様は力強く頷く。その時だ。

「ライラ、こんなところにいたのか!!」

突然腕を引っ張られたかと思うと、怒りのあまり顔を赤くしたカーター様がそこにいた。

「さっきのはどういうつもりだ」

目を吊り上げ私に詰め寄ってくる。摑（つか）まれた腕が痛く眉を顰（ひそ）めるも、力を緩めてくれる様子はない。

「私は、今まで私なりに婚約者である貴方を支えてきました。しかし、もう婚約解消されたならその必要はありません」

「だから、どうしてお前はそう可愛げがないのだ。お前が望むなら研究所に残してやると言っているのに。それに、誰だその男は」

ギロリと敵意の篭（こも）った視線を向けられたにも関わらず、アシュレン様は軽い笑みでそれを受け流した。

この人、繊細そうな顔の割に中身は豪胆ね。

「初めまして。カニスタ国のアシュレン・ナトゥリと申します。ライラ嬢が薬草の研究所を辞めたと聞いて、是非私の研究室へとスカウトしておりました」

「スカウト」

カーター様の右眉がピクリと上がる。その仕草に今度はアシュレン様の左口角がきゅっと持ち上がった。やっぱりいい性格しているわ。

「それは残念だな。彼女ができるのは書類整理と洗い物ぐらい、役に立つとは思えない」

「我が国の人口はこの国の五分の一。雑用係さえ貴重な人材です」

「気が利かない上に、『でも、だって』と自己主張が激しく慎ましさに欠ける」

「研究者たるもの自分の考えを持っていなくては。それもまた我々が求めている人材です」

「お茶も碌に淹れることができない」

「飲みたい者が淹れたらいいだろう」

途中からアシュレン様、明らかに楽しんでいる。

どうやら腹黒という私の第一印象は間違っていないようで。

でも、アシュレン様の言葉一つ一つに胸がスッとしていく。

「聞けば随分と酷い言いようですが、それなのに彼女にこだわる理由があるのですか？」

「ふん、そんなわけないだろう。異国の地に我が国の恥を広めたくないだけだ」

カーター様は私の腕を摑んだまま、全身にサッと目を走らせる。

「それとも女として興味があるのか？　着飾ることもできないつまらない女だぞ。身体だって鶏ガラみたっ……痛っ」

言葉が言い終わる前に、私の腕を摑んでいた手をアシュレン様が捻り上げた。その瞳には先程までなかった憤怒の色が浮かんでいる。

「それは君の目が曇っているからだろう」

「何を！　離せ」

アシュレン様は捻り上げたカーター様の手をじっと観察する。傷やかぶれどころかペンだこ一つない手。

「随分綺麗な手をしているんだな。ミラーレという薬草はご存じか？」

「はぁ？」

突然薬草の名前を聞かれ虚を衝かれた表情を浮かべるも、カーター様はすぐに眉間に皺(しわ)を寄せアシュレン様を睨(にら)みつける。

「急に何の話だ」

「有名な薬草だと思いますが」

「もちろん知っている、だがそれがどうしたというのだ」

ミラーレは小麦の大量枯れを防ぐ農薬を作るのに使用した薬草で、肌をかぶれさせる。

アシュレン様の質問の意図は私には分かったけれど、カーター様はそれすら理解できないようで、さらに眉間の皺を深くした。

「もういい。お前と話すことはない、行くぞ、ライラ」

旗色が悪いと見たのか、それとも私が必要な本当の理由を言えないからか。

カーター様は私に視線を合わすと、横柄な態度でついてこいとばかりに顎でグイッと会場を指す。でも、私は首を横に振った。

「嫌です」

「はぁ!?　どうしてそう素直じゃないんだ。今ならまだ間に合うから殿下に謝るんだ」

「何のため？」

「何のためって、これからも研究所で働くためだろう」

この男は何を言っているのだろう。

どうして私が頭を下げないといけないの？

そして再び貴方の影として働けと？

「私は研究所を辞めると申し上げたはずです」

「だからどうして意地を張る。辞めてどうするんだ、その歳で新たに婚約者を見つけるのは難しい。仕事までなくしてはウィルバス子爵家にいづらいだろう。俺が気にかけてやっているのが分からないのか」

「お気持ちはありがたいですが迷惑です」

「め、迷惑!?」

唾を飛ばしながら、私の言葉を復唱する。

この人はどうして自分が正しいと思えるのだろう。

どうして私が従うと疑いもせず思えるのだろうか。

そもそも自分から婚約解消を言い出しておいて、何を心配するというのだ。

「私はカニスタ国に行きます。そこでやっていけるかは分かりませんが、それは私の問題ですのでお気になさらず」

「研究所はどうするつもりだ！　やりかけの研究は？　新薬は？　全て放り投げるというのか、無責任にもほどがある」

「あら、私がしていたのは資料整理と片付け程度。私がいなくなっても研究に差し支えはございませんよね？」

私を雑用係と言ったのはカーター様。お茶も碌に淹れられない気の回らない女なんていないほうがいいでしょう？　お望み通り目の前から消えてあげるわ。

「私はこの国を出ても仕事があるので困りませんわ。ところで、カーター様は何か困ることがおありなのかしら？」

「そ、それは」

「碌に仕事もできない元婚約者なんていないほうがいいと思うのですが」

カーター様は赤い顔で、口を開けては閉めるを繰り返す。騒ぎを聞きつけ周りに人も増えてきた。そろそろこの場を立ち去らないと。

「では、カーター様の今後のご活躍、楽しみにしています」

私は最高級の微笑みを浮かべその場をあとにした。

「……それで、我が国にはいつ来てくれる？」

庭に出たところでアシュレン様が耳元で囁く。この人、時々距離が近い。

「このままアシュレン様と一緒に行きたいと言ったらどうしますか？」

「男としては一度は言われてみたい台詞だな。理由を聞いても？」

「理由は二つ、国家機密の書類を持ち出した、とあらぬ疑いをかけられないため。研究所はもちろん、実家に一度でも帰ってしまえば、そのタイミングで書類を持ち出した、と言われかねません」

「予想通り色気のない理由だ。もう一つに期待しても？」

揶揄（からか）うように細められた切れ長の瞳に、私は肩を竦（すく）めながら答える。

「両親の説得と説教が嫌だからよ」

「なるほど、納得いく答えだ」

薄い唇でクツクツと笑う姿を私は横目で眺める。

アシュレン様が甘い言葉で私を惑わそうとしていたら、ついていこうなんて思わなかった。会ったばかりの男の愛の言葉なんて、そんな薄っぺらいもの信用できない。

でも違った。

彼は新薬の情報と私の手荒れから真実を見つけた。

第二王子殿下をはじめ誰もが気づかなかったことを、いとも簡単に、あっさりと。

その目を信じようと思った。

それにアシュレン様は手を貸して欲しいと私に頼んできた。私をサポートするとまで。

その言葉が嬉しかった。

今まで私を研究者として見てくれる人はいなかった。単なる雑用係、補佐、その程度の存在だったから。

「我が国はジルギスタ国より五十年遅れている。俺は五年でこの遅れを取り戻す」

「五年？　随分謙虚なのですね」

「ライラが加わってくれたから二年に修正しようと思う」

アシュレン様が手を差し出してくる。私が握ればさらに強く握り返してきた。

「ようこそ、カニスタ国へ」

月明かりの下で見たその笑顔は、間違いなく彼の本心だった。

2. カニスタ国の研究室

船と馬車を乗り継ぎ一週間、私はカニスタ国にやってきた。退職届と両親宛に書いた手紙は、出発前にアシュレン様が代わりに届けてくれた。

必要な身の回りのものは用意すると仰ってくれたのを断り、着ていたドレスと宝石を売って、港町で急遽揃えた。意外と何とかなるものね。

「長旅のあとで申し訳ないが研究室の皆に早くライラを紹介したい。疲れていないか？」

お城へ続く石畳を進む馬車の中、アシュレン様が申し訳なさそうに眉を下げる。

「大丈夫です。むしろ体調はいいですから」

道中、与えられた部屋で私は殆ど寝て過ごした。始めは船酔いを心配していたけれど、船の揺れは眠りを誘う心地よいものにしか感じられず。もちろんそれまで慢性的睡眠不足だったということもあるのだけれど。

「確かに顔色が見違えるほどよくなった」

「即席で作った保湿剤も効いたようです」

船には薬草も幾つか積んでいて、暇潰しに保湿剤を作り髪と肌に塗ってみると、予想以上の効果があった。ボロボロだった肌は三日でキメが整い、パサついた髪には艶が。

「ありきたりの薬草で作ってしまうのだから、ライラの才能には驚かされたよ」

「偶然ですよ？　いつも成功するとは限りませんし失敗のほうが多いです」

「研究なんてそんなものだろう。百失敗して一成功したら立派なものだ」

この人は本当に研究者だ。沢山の失敗の上に成功があることを知っている。カーター様なんて私が失敗するたびに怒鳴り散らしていたのに。

「どうした？　俺の顔に何か付いているか？」

どうやらまじまじと見つめていたようで、アシュレン様が怪訝な視線を私に向けてくる。

「いいえ、今日も格好いいですよ」

「ありがとう、ライラに言われると揶揄われているようにしか聞こえないな」

一週間一緒に過ごすうちに、気安い会話もできるようになった。アシュレン様は見た目よりずっと話しやすい人のよう。腹黒なのは間違いないけれど。


クスクスと笑っていると、白いレンガを積み重ねた城壁が見えてきた。ジルギスタの王城より小さいけれど、それでも立派なお城だ。馬車は城壁をくり抜いたような門を抜け、右に曲がる。

「城の左が騎士達の練習所、研究室は昔爆発を起こしたことがあったらしく別棟にある」

誰だ、やらかしたの。

「職員は四名、上司の室長、副室長の俺、配属五年目と新人が一人」

「雑用係はいないのですね」

「いない。準備と片付けは使った人がする。もちろん協力し合うけれどそれが基本だ」

カニスタ国は小さな国。人口も少ないのに職員はジルギスタ国より多く、薬草研究に力を入れていることが伺える。

「さあ、馬車が止まったようだ。先触れは出したが、受け取ったのはせいぜい一時間前だろう、全員揃っていればいいのだが」

馬車を降りた先にあったのは一階建ての、予想より大きな研究室。蔦が所々壁づたいに屋根に向かって伸びているから、暫く爆発はしていないよう。

「扉は念のため分厚くできている。重いから気をつけて」

「はい」

これも誰かがやらかした名残でしょうか。確かに不自然なほど分厚い。

アシュレン様が開けてくれた扉の先には長い廊下。そこを歩いた一つ目の扉の前で、アシュレン様が立ち止まり首を傾げる。

「どうされましたか？」

「いや、やけに静かだなと思って。みんな実験室の方かな」

そう言うと、さらに進んで隣の扉に向かい、軽くノックをして開ける。すると。

「お帰りなさい！　アシュレン様!!」

「将来の伴侶を連れてのご帰還、おめでとうございます」

パーン、というクラッカーの音と共に歓迎の言葉と拍手が飛び交う……けど。

うん？　ちょっと待って。

今なんて言った⁉

「あ、あの。伴侶？」

目を白黒させながら隣を見上げると、同じように目を丸くしたアシュレン様と視線が合った。

そして一拍のちに赤い顔で慌てだす。

「おい、ちょっと待て！　これはどういうことだ？　先触れは届かなかったのか？」

「届きましたよ。室長が、アシュレン様が可愛い女の子を連れて来るからお祝いをしようって仰ったんで、急いで用意したんスよ」

「急だったからサンドイッチやベーグルぐらいしか用意できませんでしたけど」

黒髪に茶色い目の男性は、私の手を握るとぶんぶんと強く振る。

「俺、配属一年目のティックっていいます。アシュレン様のことよろしくお願いします！」

「ティック、いきなり手を握るなんて失礼よ。申し訳ありません、私はフローラといいます。アシュレン様は口は悪いですけど、基本的には善人ですから大丈夫ですよ」

赤髪を頭の上で纏めた女性が私の肩をポンと叩く。そばかす顔の人懐っこい笑顔には親しみが持てるんだけれど、絶対、会話が噛み合っていない。

「いやいや、ちょっと待て。室長は！　いったいどういう説明をしたらこうなるんだ」

会ってから初めて見る慌てた姿。普段のクールな顔はどこへやら、頬どころか耳まで赤くしている。

「私ならここにいるよ。おかえりアシュレン」

艶のある声に振り返れば、銀色の髪を一つに束ねた四十代半ばの女性が、涼しげな目元に柔らかな笑みを浮かべ扉の前に立っていた。

「ただいま戻りました。ところで先触れはきちんと読んで頂けたのでしょうか？」

「もちろん、ジルギスタ国で優秀な女性を見つけたので連れて帰ると。今まで言い寄ってくる令嬢につれない態度ばかり取っていた貴方にしては大きな進歩じゃない」

「ええ、優秀な女性です。この研究室に必要な人です。それがどうして俺の伴侶となるのですか？」

詰め寄るアシュレン様に、室長は悪びれることなくフフッと笑いながらポンと肩を叩いた。

「私の願望よ。母としてはあなたの将来も心配でね」

「頼みますから余計なことはしないでください。せっかく来てくれた優秀な人材を逃すつもりですか」

げんなりとした顔で頭を抱えるアシュレン様。もうやめてくれ、と小さな悲鳴が聞こえてくる。

っていうか、母？

アシュレン様のお母様っていうこと？

言われてみれば切れ長の瞳がそっくり。

「あ、あの。初めまして。今日から働かせて頂くライラ・ウィルバスと申します。よろしくお願いします」

気圧（けお）されつつも慌てて頭を下げれば、「こちらこそ」とか「よろしくお願いします」とか、室長以外からも声がかかる。

「ライラ、すまない。何か誤解が生じていたようだ」

「ごめんなさい。無粋な息子が強引に連れて来たのがこんなに可愛い人だから、つい出しゃばってしまったわ」

「いえ、そんな。ええと、びっくりしましたけど大丈夫です」

母息子二人揃って謝られて、私は胸の前で手を振る。

誤解が解けたなら問題ない、はず。

いや、その誤解が生じたことがそもそも問題？

そんなことを考えていると、ティックが椅子を持ってきて座るよう促してくれた。

「とりあえず座ってください。腹減ってるでしょう？」

他の人達も自分の椅子を持ってきて、大きな作業台を取り囲むように座る。作業台の上には食べ物や飲み物がいっぱい並べられており、急いでここまで用意するのは大変だっただろうなと思う。

「では食べましょう」

室長の声と同時に窓ガラスがトントンと叩かれた。

うん？　と見るも誰もいない。でも室長はそこに誰がいるか分かっているようで、肩を竦めながら窓を開けた。

「おばあ様、アシュレン様がお嫁さんを連れて帰ってきたって本当？」

可愛く響く小さな声。それを聞いたアシュレン様は部屋を出、すぐに小さな女の子を連れて戻ってきた。

「お嫁さんじゃないよ、これから一緒に仕事をするライラだ。ご挨拶は？」

「はい。カリン・ナトゥリといいます」

五歳ぐらいの女の子がぺこりと頭を下げる。どうして子供が、と思いながら私も自己紹介をした。

「ライラ・ウィルバスと申します。よろしくね」

カリンちゃんはアシュレン様の足にぎゅっとしがみつく。

「カリンは兄夫婦の子供だ。兄はカニスタ国の外交官、義姉は兄の秘書をしているので異国に行くことが多い。留守の間は俺や母で面倒をみているのだ」

「それで職場に連れて来ているのですか？」

侯爵家なら乳母を雇うと思うのだけれど、と首を傾げるとフローラさんが教えてくれた。

「このお城には託児所もあるの。カリンちゃんは、室長達がお仕事をしている間はそこにいるのよ。おうちにいるよりお友達と遊ぶほうが好きなのよね？」

「うん、それにここに来ればおばあ様とアシュレン様もいるもん！」

「だからって、しょっちゅう託児所を抜け出すのはやめような」

呆れ顔のアシュレン様。誰も驚いていないってことは頻繁に抜け出しているのね。

もう一つ椅子が用意され、食事会はカリンちゃんも参加することに。でもお腹はいっぱいらしく、私の隣でおいしそうにジュースを飲んでいる。

今までの職場とあまりに違う雰囲気にどうしていいか戸惑っていると、アシュレン様がサンドイッチをお皿に取ってくれ、フローラさんがオレンジジュースをカップに注いでくれた。

「ライラ、仕事は明日からお願いできるかしら」

室長が優雅に紅茶を飲みながら尋ねてくる。その所作があまりに綺麗で思わず見惚れてしまった。

「はい、よろしくお願いします。あの、この国では女性が室長をされることもあるのですか？」

ジルギスタ国の王城でも働いている女性はいるけれど、雑用係ばかり。

「もちろん。要職の半分は女性よ」

「半分もですか！」

カニスタ国は女性の社会進出が進んでいると聞いていたけれど、そんなにもいるなんて。

「当たり前っスよ。だって人口の半分は女性なんだから、要職も半分になるでしょう」

当然、とばかりにティックが肉を咀嚼(そしゃく)しながら話す。それを隣のフローラさんが軽く睨む。

「ティック、食べながら話さない。ジルギスタ国では働く令嬢が少ないのよ。ライラ、分からないことがあれば何でも聞いてね。仕事のことだけじゃなくこの国のこととか、街のこととか、何でもいいから遠慮しないでね」

「ありがとうございます、フローラさん」

この二人姉弟みたい。しっかり者のお姉さんが弟を叱っているようにしか見えないもの。

「昔は男性しか働いていなかったんだけれど、労働人口が足りなくなってきて。異国から労働者を招こうかって動きもあったけれど、それだとお金が他国に流れてしまうでしょう」

「だから女性も働きだしたのですね」

「そう、それだけで労働人口は倍になるから」

フローラさんと私の会話を頷きながら聞いていた室長が、そういえばという感じで聞いてきた。

「ところでライラ、あなたどこに住むの？」

「まだ決めていないのですが暫くは安宿で、落ち着いたら家を借りようと思っています」

懐に余裕があるわけではないけれど、思ったより宝石が高く売れたので安宿なら何とかなるはず。そのうちお給料も出るし、と楽観的に考えていたのだけれど。

「若い女性が安宿なんてだめよ。そうだ、侯爵邸に住めばいいわ。そもそも強引に連れて来たのはアシュレンなのだから」

「でもそこまでして頂くのは……」

「いや、俺はもとよりそのつもりだったぞ。俺が暮らす別邸は部屋が沢山余っているから、好きなだけ使えばいい」

そう言われても。親切で言ってくれているのは分かるけれど、ナトゥリ侯爵邸を仮宿にするなんて恐れ多い。しかも腹黒の一人暮らしときた。

角を立てずにどう断ろうかと考えていると、カリンちゃんが私の腕を引っ張った。

「本当？　ライラも一緒に住むの？」

丸い瞳で私を見上げ、袖を摑んでいる。そんなに嬉しそうにされたら断りづらい、と戸惑っていると、さらに室長が言葉を重ねてきた。

「別邸には住み込みの執事も侍女もいるし、私がよくよく言い聞かせるから心配はいらないわ」

「ちょっと待ってくれ、母上。俺はそんなに信頼がないのか？」

抗議する息子を母はサラッと無視して話を続ける。

「それに、カリンの両親は家を空けることも多いし、私もアシュレンも仕事をしているから沢山は構ってあげられないの。もちろん貴女も仕事をするわけだから大変だと思うけれど、よければ時々遊び相手になってくれないかしら？」

カリンちゃんは私の腕をぎゅっと抱きしめ、期待に満ちた瞳を向けてくる。そんなふうに見られたら断るなんてできないよ。

「分かりました。では住む家が見つかるまでナトゥリ侯爵邸に住まわせてください」

私の言葉に一番喜んだのはカリンちゃん。椅子から飛び降りると両手を上げ、ぴょんぴょんと跳ねまわる。

「やったぁ!!　いっぱいお話しようね。絵本も読んでね。それからおままごとも！　アシュレン様はいつもの皇子様役ね」

「……えっ、いつも？」

思わずアシュレン様を見れば、食べかけのサンドイッチを喉に詰まらせていた。

部屋の中に、なんとも言えない生ぬるい空気が漂ったのは言うまでもない。

次の日。

私はナトゥリ侯爵家の別邸から、アシュレン様と一緒の馬車で出勤した。

「おはようございます」

「おはようございます、ライラさん。今席を用意してるんでちょっと待ってくださいッス」

少し年季の入った机を拭きながらティックが返事をしてくれた。

研究室は三つの部屋に分かれていて、一番手前に全員の机が並ぶ部屋があり、書類仕事はここでするらしい。その隣が実験室で、一番奥が倉庫になる。

「ティック、ありがとう。あとは自分でするから大丈夫よ」

私はティックから雑巾を借りて椅子を拭く。ざらっとした汚れがついているから、どこかの倉庫から持ってきてくれたのかも。

隣の席に腰かけたアシュレン様が長い足を組み、手にした書類に目を通しつつ、私に話しかけてきた。

「ライラ、掃除をしながらでいいから、今、研究室で行っている開発について説明してもいいか？」

「はい。お願いします」

「まず、騎士団からは傷薬の改良、それから風邪が流行る時期なので、より効果のある咳止め薬の開発が求められている。あと、これは万年の課題だが、薬の安定した品質管理だな」

なるほど。聞きながら私の頭に幾つかの案が浮かんでくる。あれとかあれが使えそう。

「アシュレン様、まず騎士団の方からご要望の薬ですが、ジルギスタ国で使っていたものをベースに少し改良してはどうかと」

「しかし、研究資料は全てジルギスタ国に置いてきたのだろう。同じものが作れるのか？」

「自分が作った薬のレシピは全て頭に入っているので可能です」

どうしてそんな当然のことを聞くのだろうと首を傾げると、アシュレン様があんぐりとこちらを見ている。

「全部か？　それは、使用する薬草の種類はもちろん、その分量や、煮たり熱したりする時間、混ぜるタイミングなど細かな数字を全て覚えているということか？」

「はい、もちろん。今まで何百種類と作ってきましたが全て」

しんと静まり返った研究室に違和感を覚えて振り返ると、フローラさんとティックもやりかけの仕事を手にしたまま、固まったように私を見ている。

「何百種類もの薬のレシピが頭に……」

「俺、薬草の種類を覚えるだけで精一杯なのに」

何か私、おかしなこと言ったのかな？

アシュレン様を見ると、顎に手をかけ何やら思案顔。

「それなら、小麦の大量枯れを防ぐ薬のレシピも……」

「もちろん。ですがそれをそのまま使うのは国際問題になりかねないので、多少改良して流通させたほうがいいと思います。それでも、もしかしたら問題になるかもしれませんが……」

だって私がこの国に来た途端によく似た薬が沢山流通したら、やっぱり怪しいと思われるはず。

「いや、それなら大丈夫だ」

「どうして言い切れるんですか？」

「だってライラは雑用すら碌にできなかったんだろ？　薬のレシピなんて知っているはずない。ライラが来てからよく似た薬が流通してもそれはただの偶然だ」

……うわっ、やっぱり腹黒。

綺麗な顔しながら言っていることは下衆い。

ま、確かにその通りなんですけれど。

私が同じ薬を作ったところで、そのことを追求すればカーター様に火の粉がかかる。だって私は薬作りには関わっていないし、薬のレシピも知らないことになっているんだもの。

それでも念のために改良したほうがいいとは思うけれど。

本格的な改良じゃなくてもいいから、効果に差し支えなさそうな薬草をちょっと入れるとか。

「とりあえず少しアレンジした軟膏と湿布薬のレシピを書きます。できれば材料となる薬草の下準備からしたいのですが、今回は今あるもので作ろうと思います」

「ライラ！　それなら私とティックにその仕事をさせてくれない？　異国の薬のレシピなんてとっても興味深いわ！」

「はい、フローラさん。ではお願いします」

私はペン先にインクをつけレシピを書いていく。注意すべき工程はより詳しく丁寧に。薬作りはとても繊細なものだ。

「ではこの通りにお願いします」

「うわっ、こんな細かいレシピ初めて見た。薬草同士を混ぜるタイミングやその時の温度まで、一秒、一℃単位で決まっている」

「細かくてすみません。できますか？」

「やる！　やってみせるわ‼」

腕まくりをして張り切るフローラさんの隣で、ティックはぶつぶつと呟きながら考えこむような表情をしている。その顔にははっきりと不安の文字が浮かんでいた。

「ティック、分からないところがあればいつでも聞いてね」

「はい！　お願いしますッス」

「じゃ、ティック。実験室に行くわよ」

張り切るフローラさんの後ろをティックがついていく。女性が男性に指示を出すなんて、ジルギスタ国では見なかった光景ね。

「それからアシュレン様、薬の品質の安定についてですが」

「それについても案があるのか？」

「案、というか解決策です」

私の言葉にアシュレン様はアイスブルーの瞳を見開き、次いで天を仰いだ。

「俺はもう何を聞いても驚かないことにしたよ」

「はぁ」

どこか遠い目で宙を見るアシュレン様を不思議に思いながら、私は説明をすることに。

「薬の品質が安定しない一番の原因は、その材料となる薬草を乾燥させる工程にあります」

薬草のほぼ半分は乾燥させたものを粉状にして使う。それ以外は熱した煮汁や絞り汁、もしくはそのまますり潰して使うことが多い。

「この乾燥というのが厄介で、温度や湿度によって乾燥させる時間を微調整しなければいけないのです。その組み合わせは何千、何万通りとなります」

「まさかそれも暗記しているとか言わないよな？」

「さすがにそれは無理です。ですから計算式を薬草ごとに作りました。この計算式に今日の温度と湿度を入れれば、最適な乾燥時間が出てきます」

ジルギスタ国でも薬の品質にばらつきがあることが問題となって、主要な薬草については乾燥時間を調べたことがある。あれは私がした作業の中でも一番気の遠くなる作業だったなぁ。分刻みに時間を変え、何度も同じ工程を繰り返す。それを何十種類もの薬草で繰り返し行うのは、かなりの根気と集中力が必要だった。

「俺はもしかしてものすごいものを持って帰ってきたのかもしれないな。その計算式を纏めてもらうことは可能か？」

「はい、全て暗記して……あっ！」

そうだ、思い出した。計算式は今まで正式な書類に書いたことがなかった。

つまりジルギスタ国は今、正確な乾燥時間を知ることができない。

「どうした？　何か問題が？」

私が突然大きな声を出したので、アシュレン様が不安そうにこちらを見る。

「あっ、いえ。計算式は覚えているのですが、それを正式に書き残したことがないな、と思いまして」

計算式そのものとその計算式を導く過程についての書類をカーター様に渡したことはある。

でも、こんな細かいことを覚えていられないし、誰かに聞かれても説明が面倒だから計算式は発表しないと言われ、書類は処分された。

「では、ジルギスタ国ではせっかくの研究成果を活かしていないのか」

「いえ、毎回製薬課の人が今日の乾燥時間を聞きに来ていたので、そのつど伝えていました」

正確に言えば、カーター様に聞きに来た製薬課の人達に、あとから私が計算した乾燥時間をメモに書き届けていた。

「ではライラがいなくなった今、どうしているんだ？」

「そうなんです！　うっかりしていました。計算式がなければ乾燥時間が分かりません」

どうしよう、皆困ってしまう。

品質保持に一番大事なことなのに。

あわあわ、と私が慌てていると、隣からクックックツと笑い声が聞こえてきた。

「アシュレン様？　どうされたのですか」

人が焦っているのに、とムッとしながら睨む。

「いや、すまない。婚約解消から今日に至るまでいろんなことがあったのに、全く動じなかったライラの動転する姿が珍しくて」

「だから笑っていたのですか」

「すまないと言っている。それにライラは優しいな」

「えっ？」

突然の褒め言葉に、私は眉間に力が入る。

アシュレン様が私を褒めるなんて、何か裏があるのでは？

「そんな難しい顔をするな。他意はない。あれだけ冷遇されていたのに、残してきた人達を心配できる心根に純粋に感心しているんだよ。俺ならざまぁ見ろって思っているだろう」

純粋に褒められていたみたい。そう分かった途端、かぁ、と頬に熱が集まってくる。

私は褒められ慣れていないから、こんな時どう答えればいいか分からない。

アイシャなら可愛く「ありがとうございます」と言うのだろうか、それとも恥ずかしそうに「そんなことないです」と謙遜するのかな。

正解はどっち？　どうすればいい？

どう答えていいか分からず、頬に手を当てもじもじするしか術がない私は、きっと可愛げがないのだろう。

「あ、あの。兎に角、計算式は覚えておりますので書きます。よく使う薬草順に書くのとアルファベット順に書くのどちらがいいですか？」

「ではアルファベット順に。急がなくていい、午前中かけてゆっくりやってくれ。俺は他の部署に用事で出かけるが、困ったことがあればフローラに声をかけてくれればいい」

「分かりました」

ふぅ、と小さく息を吐き、顔の火照りを鎮めるとペン先をインクに浸す。

冷静に、そう思い計算式を思い出すと照れ臭さは消え、私は集中して書類にペンを走らせることができた。

午後からはフローラさん達に加わり薬を作ることに。二人は私の予想より多くの軟膏と湿布薬を作っていた。

「沢山作りましたね」

「薬草課の人達が軟膏が足りないって言っていたのを思い出して。ついでだから多めに作ったのよ」

フローラさんは話しながらもテキパキと軟膏を小瓶に詰めていく。その隣でティックは製造年月日の札を作って小瓶にぶら下げている。こんな雑用、カーター様なら絶対しないわね。

それなら、と私は湿布薬の包装にとりかかる。

湿布薬は、出来上がった薬を布に薄く塗布し、その上からとある木の繊維でできた乾燥防止の薄布を被せる。使用する時はこの薄布を剥がして患部にあてるのだけれど。

「この薄布も改良の余地あり、ですね」

「そうなの？」

「これではせっかく塗布した薬が乾燥してしまいます。もって一ヶ月程度ではありませんか？」

「ええ、それじゃライラはもっといい方法を知っているの？」

「はい。半年は乾燥せずに品質を保てます。明日作りましょうか？」

「是非！　じゃ、今日は湿布薬は瓶に詰めたままにしておいて、布に塗布するのは明日にしましょう」

大きな瓶に詰まっている湿布薬は、蓋をぎゅっと閉めてとりあえず机の隅に。そして私も軟膏詰めに参加することにした。

黙々と作業をしていると、窓の外から賑(にぎ)やかな子供達の声が聞こえてきた。それもかなり大勢。

「託児所の子供の声ですか？」

「そうッスね。乳母を雇えない使用人の子供が多いけど、カリンちゃんみたいに貴族の子もいますよ。仕事が終わった親が迎えに行くと、皆、小さい腕をめいっぱい振りながら走って、抱きつくのが可愛いんスよね」

目を細めるティックは意外と子煩悩のよう。

「ティックはいいお父さんになれそうよ」

「フローラさん聞きました？　ライラさん、そこ、もう一回強調して言ってもらっていいッスか？」

人差し指を立ててせがんでくるティックをフローラさんが適当にあしらいながら、託児所では時折文官が文字や計算を教えたり、騎士が剣術の訓練をしていると教えてくれた。

立ち上がり窓の外を見ると、十人ぐらいの子供が走り回っている。うん？　あの中心にいるのはもしかして室長？

「あの、室長らしき人がいらっしゃるのですが、見間違いでしょうか」

「いいえ、きっと本人よ。あの託児所を作ったのは当時宰相をされていた室長のご主人だから、今も気にかけて時々ああやって一緒に遊んでいらっしゃるわ。カリンちゃんもいるしね」

そうか、だからカリンちゃんは乳母と一緒にいるより託児所がいいのね。

あっ、目が合った、と思うと室長がこちらに向かってきた。

「お疲れ様。アシュレンから聞いたけど朝から大活躍だそうね」

「そんな！　軟膏と湿布のレシピを渡して薬草の乾燥時間を纏めただけです」

「だけ、じゃないわ。その数時間はこの国の技術数年分の発展に匹敵する。もっと自信を持って」

「はい。あ、ありがとうございます」

むずむず、やっぱり褒められるのは慣れない。

そのあと室長も加わり、今後の方針を聞きながら夕方には瓶詰めが終わった。

それらを木箱に詰めて運ぼうとしたら、横からスッと手が伸びてくる。アシュレン様だ。

「お疲れ様。薬草課には俺が持って行くから、他の者は片付けをしてくれ。ライラは薬草課の人達に紹介するからついてきてくれないか？」

「分かりました」

頷く私にアシュレン様は、午前中に纏めた薬草の乾燥時間の書類を取ってくるよう言った。ついでに薬草課に持って行くようだ。

薬草課はお城の裏側にある。中庭のような場所を通りそこへ向かっていると、何やら視線を感じる。

チラリと隣を見るとアシュレン様は涼しい顔をしているので、気にすることはないと思うのだけれど。

お城の裏口から入り一つ目の扉をノックすると中から返事が。両手が塞がっているアシュレン様の代わりに私が扉を開けた。

「レイザン殿、頼まれたものを持ってきたぞ」

「アシュレン、ありがとう。助かった」

初老の背の高い男性が出てきたので、私は名前を名乗り頭を下げると、男性は私をつま先から天辺までじろじろ観察してくる。

「ほう、彼女がお前が見初めた女性か。可愛らしい人だな」

「そうだろう」

にこりと微笑むアシュレン様。

そのすました横顔に私はギョッとしてしまう。

いま、肯定したように聞こえましたが？

「薬は奥の棚でいいか」

「ああ、助かるよ」

私の視線に気づいているはずなのに、アシュレン様はスタスタと奥まった場所にある棚に向かう。薬草課には他に数人いたけれど、皆が私を見るので居た堪れず、アシュレン様のあとを追うことに。

「アシュレン様、先程の会話はいったいどういうことですか!?」

棚の影に隠れながら小声で聞けば、アシュレン様は眉を下げうんざりだという顔を作る。

「行く先々で俺が花嫁を連れて帰ったと噂されている。おそらく噂の出所は母だろう」

「そうですか。それで否定してくれたのですよね?」

「始めはきちんと否定していたぞ。しかし、誤解を解こうとしても照れ隠しにしか思われず、何人かの令嬢には涙目で『諦めます』と振られてしまった。おかげでいつもなら五月蠅く纏わり付く令嬢が、ピタリと誰も来なくなった。実に快適だ」

えーと、これはもしや。

胡乱な目で見ると、アシュレン様は軽薄そうな笑いを口元に浮かべる。

「私をだしに使いましたね」

「ライラだって侯爵邸にただで居候じゃ肩身が狭いだろう? 俺はライラのために寝る場所と食事を提供、ライラは俺のために虫除けになる。持ちつ持たれつだ」

やっぱりこいつ、腹黒だ。

それも、真っ黒。漆黒の闇のように。

「ライラが侯爵邸を出て行くタイミングで、俺が振られたと噂を流すから心配するな」

「では、明日にでも住む場所を見つけます」

「はは、そんなに急がなくてもいい。ゆっくりしていけ」

怒りでブルブルと拳を握る私を見て、アシュレン様は明らかに楽しんでいる。

堪えきれない笑いが唇の端から漏れているもの。

「そう怒るな。意外と表情豊かなんだな」

「おかげ様で」

「すましているよりずっと可愛いじゃないか」

「えっ!?」

私の頬があっという間に熱くなる。

可愛い、なんて言われたのは生まれて初めてで、どうしていいか分からない。

「……あ、あの。お二人さん、お邪魔してもいいかの?」

はっとして周りを見ると、レイザン様が申し訳なさそうに、棚に置いている瓶と瓶の間から顔を覗かせていた。どうしてわざわざそんなところから……

「はい! 何でしょう。こちらのことはお気になさらず何でも仰ってください」

「そうかい、すまないなぁ。ライラ嬢が持ってきた書類を早く見たくて」

「あっ、申し訳ありません。私ったら渡すのを忘れていました」

慌てて棚から離れ書類を手渡すと、よほど待ち遠しかったのかその場で紙を捲り始めた。

「ライラ、ここは俺が片付けるから、向こうで説明してやってくれないか」

「私がですか?」

「当たり前だろう。ライラの研究結果なんだから」

私の研究だから私が説明するのが当たり前。

それがどれほど私にとって大きなことか、きっとアシュレン様は気づいていない。

部屋の隅にある長机の前にレイザン様は椅子を二つ並べると、そのうちの一つを私に勧めてくれた。

「まずこちらが、今日作った薬のレシピです。これはそれほど説明がいらないと思いますので、薬草の乾燥時間についての説明に移ってもいいですか?」

「そうじゃな、レシピはあとでゆっくり解読させてもらうよ」

では、と私は乾燥時間について説明を始める。途中から瓶を並べ終わったアシュレン様も加わってきた。お二人とも頭の回転が早く、次々と投げかけられる質問が全て的を射ている。

「……というわけで私の説明は以上です」

三十分ほどの濃密な話を終えた頃には、薬草課の人が幾重にも私を取り囲んでいた。

「すごい!　これは薬草課の宝じゃないか?」

「伝家の宝刀として代々受け継ごう」

「えっ、あの。そんな大袈裟な……」

「何を言うんだライラ、これは素晴らしいものだ」

キッパリとアシュレン様が断言すると、皆が大きく頷く。

「ここまでの資料を作るのは大変だっただろう。何度も何度も同じことを繰り返す、集中力と根気がいる仕事だ。これだけじゃない、今までに作ってきた薬は、誰が何と言おうとライラの才能と努力の結果。ライラは立派な研究者だ」

その言葉に、来る日も来る日も、朝から晩まで研究を繰り返していたことを思い出した。

ひとり黙々と寝る時間を削りフラフラになって。いつ終わるとも知れない実験に、カーター様は要領が悪いと怒り、書き留めることさえ許されなかった研究結果もある。

知らず、ぽろりと一粒涙が零(こぼ)れる。

そのことに誰より自分が驚いた。

ぽとり、ぽとり。ただ静かに涙が頬を滑り落ちる。

狼狽(ろうばい)するアシュレン様の顔が、滲んだ視界の向こうに見えた。

「ふぇっ……」

情けない声が喉から出てくる。

涙が勢いを増し溢れだす。

「あり、がとうございます。私、今まで誰にもそんなこと言われたことなかったから」

手の甲で涙を拭っても、全然止まらない。

泣き止まなきゃ、ここは職場なんだから。

そう思うのだけれど。

ずっと、ずっと、誰かに認めてもらいたかった。

孤独と不安に押し潰されそうになりながら、研究者として見てもらえるよう頑張った。

アシュレン様の言葉に、私が今までやってきた全ての努力が報われたように思う。

あの頃の自分に聞かせてあげたい。

心の奥底、冷え切り麻痺していた部分が仄かに温かくなる。あぁ、私はこんなにも優しさに飢えていたのだと、初めて気づいた。

その時、ふわり、と肩が抱き寄せられた。優しく、でも力強い腕。

見た目より逞しい胸が耳に触れ、温もりが伝わる。

アシュレン様は大きな手で私の頭を優しく撫でてくれた。

「今までよく頑張った」

「うっ、うっ、……」

何でこんな時にそんな優しい言葉を口にするの。

誰かに言ってもらいたいと私がずっと願っていた言葉。

長年胸につかえていたものが決壊したかのように、いつの間にか私はアシュレン様にしがみつきながら、声を上げて泣いていた。

＊＊＊

夜会で彼女を見た時、新薬を作ったのはこの人だと直感的に思った。

真実を見つけようとする目、揺るがない姿。

それはもう勘のようなものだ。

同じ仕事をしている人間はなぜか分かる。

そのまま視線を指先に走らせ、俺の勘が正しかったと確信した。

それならば、と隣に立つ男を見る。

彼は彼女の共同研究者か？

いや、違う、彼からは研究者の匂いがしない。新薬の開発など到底できやしないだろう。

耳をすませていれば、話は思いもよらない方へ行き、彼女は会場をあとにした。

慌ててあとを追い、どう声をかけようかと迷った末に出た言葉は、

「あの、すみません。少し私に時間を頂けませんか？」

なんだ、この軽い口調は。

これではただのナンパではないか。

今まで令嬢を避けてきたつけがこんなふうに回ってくるとは。

案の定、彼女は怪訝な表情を浮かべこちらを見ているが、「五分だけ」と強引に廊下の隅に連れて行く。まずい、これでは余計に警戒されてしまう。

少しでも好印象をと多少自信のある顔で微笑んでも、疑り深い目しか向けてくれなくて。

おまけに腹黒とまで言われてしまう。

こうなれば自棄だと、顔を近づけ「研究結果は貴女のものだな?」と伝えると、やっと表情を変えてくれた。そのあと本題に入り声をかけた目的を伝えれば、大きな瞳をさらに見開き、驚いたとばかりにパチリとさせる。

このまま話を畳み込んで、と思っていたところで、邪魔が入ってきた。

ライラの研究結果を奪った男は彼女を蔑み馬鹿にする。

その口調にかっとなり、気づけば腕を捻り上げていた。

しかし何が功を奏するか分からない。

ライラは俺を信頼に値すると判断してくれたようで、カニスタ国に来ることを最終的に了承してくれた。

一緒に働くと、すぐにその才能に驚かされた。

正直、同じ研究者として羨ましいあまり劣等感さえ感じるも、真摯に研究に打ちこむ姿を知ればそんな思いは吹き飛んだ。

彼女の才能を伸ばしたい、そう素直に思えた。

でも、俺が見ていたのは彼女のごく表面的な部分だったらしい。

ジルギスタ国を出国する時も船の上にいる時も落ち着き冷静で、新しい職場にも物怖じしないライラが、大粒の涙を零した。

「ふぇっ……」

小さな子供のように声を上げげ、大きな瞳からポロポロと涙を溢れさせる。

「あり、がとうございます。私、今まで誰にもそんなこと言われたことなかったから」

手の甲で涙を拭い、その細い肩を震わせる姿を見て、彼女の心の傷の大きさに今更ながら気がついた。

傷ついていないはずがない。

あれほどの研究結果を出すのにどれだけの時間と労力が必要かなんて、考えなくても分かる。血の滲むような努力がそこにはあったはずなのに、彼女は誰にもその事を認められなかったのだ。それがどれほど悲しくつらいことなのか。

淡々と話す姿にばかり目がいって、そんなことにすら思い至らなかった自分が情けない。

気づけばその細い肩を抱きしめていた。

細くふわりとした髪をできるだけ優しく撫でる。

「今までよく頑張った」

気の利いた言葉が出てこない。ただそれだけは言いたかった。

ライラは立派な研究者だと。

始めた。

ライラの細い指が俺の背中にしがみつく。さらに腕に力をこめれば、堰を切ったように泣き始めた。

「うっ、うっ、……」

どのぐらいそうしていただろうか。薬草課の人達は俺達に気を使って部屋を譲ってくれた。皆が揃って部屋を出て行く状況には少し照れるものがあったが、腕の中の震える身体を離そうという考えは全く浮かばず、ただずっと抱きしめていた。

しっかりしていて天才肌のライラが、頼りないただの女性に思える。

付きまとい、腕を絡めてくる女を鬱陶しく思うことはあっても、抱きしめたいと思ったことはない。

守ってやりたい、初めてそう思った。

この国に連れて来る時、ライラのためにできることは何でもすると約束した。

あの時も本心から言ったが、今は心の底からそう思う。

「……申し訳ありません」

ずずっと鼻を啜りながら、ライラが背に回していた腕をゆるめ俺から離れた。

下を向いた顔が耳まで赤く、また抱き寄せたくなる衝動をどうにか抑える。

「気にするな、今まで随分ため込んでいたんだ。泣いてすっきりすることもあるだろう」

「はい、おかげですっきりしました」

まだ涙のあとが残る赤い目で、晴れ晴れとした笑顔をライラは見せた。

よかった、とそっと指の背で涙の痕を掬（すく）えば、恥ずかしげに視線を彷徨（さまよ）わせる。

なんだ、その可愛い反応は。

「あれ、皆さんは？」

「気を使ってくれたようだ」

「あぁ、なんてこと！　他の部署の方にご迷惑をおかけしてしまいました」

オロオロと頬に手をあて立ち上がるライラを、落ち着かせ再び座らせる。

「大丈夫だ。ここは薬草課の倉庫だから、皆他の場所で仕事を続けている。特に困ってはいないだろう」

「本当でしょうか？」

「ああ」

いや、多分、倉庫に薬草を取りに行きたいのに行けない、と悩ましく思っている奴もいるだろうが、そこは我慢してもらおう。こっちはとんでもない書類を持ってきたのだから、お釣りがくるぐらいだ。

「アシュレン様、もう大丈夫ですので、そろそろ戻りましょう」

「そうだな」

「それから、ありがとうございます」

ライラは赤銅色の潤んだ瞳で俺を見上げながら、花が綻ぶようにふわりと笑った。

「私のことを研究者だと言ってくださり、頑張ったと褒めてくださってありがとうございます。今まで自分がしてきたことが報われた気持ちになりました」

「……俺は思ったことを言っただけだ」

「でも、その言葉は過去の私を救ってくれました」

俺が彼女を救えたのなら。そんなことで喜んでくれるのなら。

何度でも言おう、ライラは素晴らしい研究者だと。

彼女を連れて帰ってきてよかったと、心底そう思った。

3．冬の到来と風邪予防

私がカニスタ国に来て一ヶ月、つまり侯爵邸にお世話になって一ヶ月が経つ。

その間に、帰国されたアシュレン様のお兄様夫婦にはご挨拶をした。侯爵夫妻はお忙しいようで、数日滞在するとすぐにまた異国に旅立っていかれた。

だから本邸には室長とカリンちゃんの二人だけでいることのほうが多く、カリンちゃんは寂しいのか、頻繁に別邸にやってくる。

冬も本格的になり、今日あたり初雪が降りそうだなと曇天を見上げていると、朝から別邸に向かって走ってくるカリンちゃんの姿が見えた。はあはあ、と白い息を吐きながら弾むように扉を開け、部屋へ飛び込んでくる。

「ライラ、髪の毛三つ編みにして」

「カリン、そういうことは侍女に頼むんだ」

「やだ。ライラがいい」

「いいわよ。左右で二つに結びましょうか」

うん、と頷くカリンちゃんの腕には数冊の絵本がある。うーん。朝からそれを読む時間はないので帰ってからにしてもらおう。

細い子供の髪を編む私の横で、アシュレン様は食後のお茶を口にする。

「カニスタ国でも雪は降りますか？」

「滅多に降らないな。ジルギスタ国より南にあるから寒さは幾分マシだと思うが、薪を多めに用意させよう」

「ありがとうございます」

アシュレン様の胸で大泣きしたその日こそ恥ずかしく、まともに顔も見られなかったけれど、そんな大人の事情などお構いなしのカリンちゃんのおかげで、いつの間にか以前と変わらず話すことができていた。

「そろそろ行くか」

「ライラ、絵本読んで！」

「では、帰ってからね」

「いやだ、今日はライラと一緒の馬車で行く。馬車の中で読んで!!」

私の手をぎゅっと握るカリンちゃんは可愛い。その笑顔にほだされすっかり懐かれた私は、まだ侯爵邸から引っ越せないでいた。

「おはようございますフローラさん」

「おはようございます、アシュレン様、ライラ。今日は何を作るの？」

フローラさんが目を輝かせ駆け寄ってくる。とりあえず私のレシピを片っ端から作ろうということになり、この一ヶ月、一日に数種類の薬の調合を続けている。

「そうですね、では腹痛の薬と霜焼けの薬はどうでしょう」

「あぁ！　それはいいわ。じゃ、早速レシピを書いて」

「はい」

自分の席に座り、引き出しからペンやインク、紙を取り出す。そこに必要な薬草と工程、注意点を書いていく。

「ライラは農薬も作れるのよね」

「はい。今は冬ですので、春になったら虫除けの薬や、肥料を作ろうかと思っています」

フローラさんは待ちきれないとばかりに私の手元を覗き込んでくる。ティックの姿は見えないけれど、きっと実験室で準備をしているのでしょう。

「フローラ、そのレシピを受け取ったら、調薬はティックと二人でしてくれるか？　俺はライラが作った薬の感想を聞きに騎士団に行く、ライラもついてきてくれ」

「はい」

効果が分かりやすく使用頻度の高い、傷、打ち身、捻挫、火傷の薬から優先して作っていて、それらの大半は騎士団に届けられている。実際に使っている人の感想を聞く機会なんて今までなかったから楽しみだ。

ちなみに室長は、春先に流行る病気の新薬作りに忙しいようで、実験室の隅を陣取り渋い顔をしている。

騎士団はお城の西の端。東の端にある研究室からは一番遠い場所にある。マフラーをぐるぐる巻いて手袋とコートを身に着けた重装備の私に対して、アシュレン様はコート一枚。

「寒くないですか？」

「大丈夫だ、と言いたいところだが寒い。マフラー、持ってくればよかった」

ただ、忘れただけだった。

一ヶ月一緒にいて分かったのだけれど、アシュレン様は少し抜けているところがある。クールな顔と腹黒からは想像できないけれど。

「私のマフラーを貸してあげます」

「いや、それじゃあライラが寒いだろう」

「コートの襟を立てれば平気ですよ。はい」

するりとマフラーを解いて差し出すと、アシュレン様は少し戸惑いながら受け取った。オレンジ色のマフラーはアシュレン様らしくないけれど、ま、いいでしょう。

「なぁ、ライラ、甘い匂いがするが香水を使っているのか？」

「いいえ、調薬の邪魔になるから使っていません」

なんのことだろうと隣を見上げれば、アシュレン様は顔を片手で覆っている。

「どうしたのですか？　耳まで赤いですよ」

そんなに寒いのか、と背伸びしてマフラーを鼻先まで上げてあげる。

するとどうしたのでしょう。さっきより顔が赤くなってしまった。

「ライラ、これは無自覚か打算か？」

「？　何のことですか？　あっ、向こうに見えるのが騎士団の方々？」

開けた平地に幾人もの騎士達がいて、それぞれに剣を振っている。そのうちの一人が私達に気づいて、手を振りながら走り寄ってきた。

「アシュレン、久しぶりだな。そちらが噂の恋人か」

「なっっ」

この男は知り合いにまで私を恋人と紹介しているのかと睨みつければ、勢いよく首を振る。

「マーク、お前にはきちんと説明したはずだ。研究室にスカウトしたライラ・ウィルバス子爵令嬢。ライラ、こいつはマーク・ロドリン。学生時代からの悪友だ」

ライトブラウンの髪に綺麗な翡翠色の瞳の騎士は、胸に手を当て紳士の礼をしてくれた。なので、私もカーテシーでご挨拶。

「初めまして、ライラと申します」

「マークだ。敬称はいらないよ。アシュレンと一緒に住んでいるんだろう」

「居候です」

引き攣る頬でにこりと微笑めば、マーク様はクックッと笑い肩を揺らす。こちらも中々いい性格しているわ。

「道のりは長そうだな。アシュレン、今は自由練習時間なんだ、相手をしてくれ」

そう言うと、マーク様は剣をポンとアシュレン様に投げる。

「アシュレン様、剣術ができるんですか？」

「それなりに。ちょっと行ってくるから持っていてくれ」

アシュレン様は私にコートとマフラーを預けると、マーク様を追うように走っていく。なんだろう、子犬みたいだ、あの腹黒が。


少し遅れて練習場に着いた私は、積み重なるように置かれた薪から適当な大きさを選び、それを地面に置いて椅子代わりにする。

目の前には剣を振るアシュレン様。カーター様が剣を握った姿を見たことはないし、剣術は全く分からない。ただ、騎士相手に互角にやり合っている、気がする。

切っ先をぎりぎりで躱し、身を捻ると同時に深く切り込む。鍔迫り合いっていうのかな、力負けもしていない。

それでも二十分も経てば優劣ははっきりしてきた。

「おい、もう息を切らしているのか」

「お、俺は頭脳派なんだよ」

肩で息をしているアシュレン様に対し、マーク様は汗一つかいていない。さすが騎士は違う。

「アシュレン様、ハンカチをどうぞ」

見かねてハンカチを貸せば、アシュレン様はそれを受け取り額の汗を拭う。

「意外と負けず嫌いなんですね」

「学生時代は互角だった」

「今では大きな差ができたがな」

「黙れ、脳筋」

ムスッと膨れるその顔がなんだかやけに子供じみていて、私は思わず吹き出してしまった。

「おい、俺が負けたのがそんなに面白いのか」

「違います、そんな顔もするのかと。新しいアシュレン様を見ました」

クスクスと笑う私にアシュレン様はむぐっと言葉を飲み込む。マーク様は私達を見比べなぜかニヤニヤ。

そして気づけば大勢の騎士が私達を遠巻きに見ていた。

その中から一際大柄な男性が出てきたのを見て、アシュレン様がキッと表情を正す。

「騎士団長、訓練に勝手に参加させて頂きました」

「構わない。体力はともかく剣筋は相変わらず悪くない。騎士団はいつでも入隊を受け付けるぞ」

「ご冗談を。それより、新しく作った薬はどうですか？　忌憚のない意見を聞きに参りました」

「だとさ。皆、思うことがあれば言ってやれ」

騎士団長が振り返りながら、私達を囲むように集まった騎士達に声をかければ、幾人かが手を挙げた。私がポケットから紙とペンを出しメモを取る準備をすれば、口々に意見を述べ始める。

「あの傷薬はすごい、これまで使っていたものと比べると傷が倍ぐらいの速さで完治した。ほれ、見てくれ」

壮年の騎士は、わざわざ私の前まで来て袖を捲りあげる。太い筋肉の塊のような腕には、縦方向に薄らと傷跡が残っていた。

「いつ、どれぐらいの傷だったのですか？」

「一週間前、深さ二センチ、長さ十センチほど。太い血管をやっちまって血が中々止まらなかったが、ほれ、もうすっかり治っている」

使用した時にかぶれや痒みも無かったらしく、かなり気に入ってくれていた。よかった。でも、血が止まらなかったっていうのが気になるから、明日は止血剤を作ってみよう。

「湿布薬もよかったが、もう少ししっかりとくっついて欲しいな。包帯で固定したから問題なかったが、湿布だけだと剝がれやすい」

そうか、騎士の人達は運動量が多い。それに耐えられる粘着力を持ちながらかぶれないようにもしなきゃ。これはさらに改良の余地ありね。

「あとは水虫の薬な！」

「ああ！　あれは最高だ」

「長年の苦しみから解放された。もう手放せない」

……一番好評なのは水虫薬、と一応書いておこう。

それにしても、こんなに沢山の騎士の方々と会ったのは初めて。皆さん大きいな。小柄な私は大木に囲まれているようで先程から首が痛い。アシュレン様も背は高いけれど、筋肉質ではないからここまでの威圧感はない。

しかも、さっきまで訓練していたからか、上半身のシャツをはだけさせ、胸元が見えている人もちらほら。ちょっと目のやり場に困る。

「ライラ、何か聞きたいことは？」

アシュレン様が気を利かせてくれたけれど、急だから具体的な質問が思いつかない。でも、せっかくの機会だし、漠然とした質問でもいいかな？

「そうですね、えーと。ではこんな薬があればいいな、というものはありますか？」

「筋肉痛にならない薬」

「足の臭いを消したい」

「モテる薬」

「毛生え薬」

「そりゃ、やっぱり精力ざ……痛っ」

誰か殴られていたけれど大丈夫？

「ライラ、脳筋にその質問をしてもまともなものは返ってこない……って書いたのか？」

「一応、参考にと」

毛生え薬なら何とかなるかも、とボソリと呟いたら、あちこちから響(どよ)めきが起こった。

えっ、作ってみる？

「それからこの季節は風邪が流行るから、よく効く風邪薬が欲しいな」

「それでしたら、昨日薬草課にレシピを渡しましたから、沢山作ってくれていると思います」

研究室で作ったものは安全を確認して、薬草課にレシピを渡すことになっている。早速作るって言っていたから、明日にでも取りに行ってみては、と騎士団長に伝えた。

「それは嬉しいな。でも、欲を言えば風邪にならない薬があるといいんだがな」

「はは、団長、いくらライラでもそれは無理ですよ」

「ありますよ」

「「えっ⁉」」

私の言葉に騎士団長とアシュレン様が目を丸くする。ううん、彼らだけじゃなく、騎士の方達も唖然とした表情を浮かべていた。

「あるのか？　そんなものが」

「完全に防げるわけではありません。感染を防ぐ効果がある、程度でよければ簡単にできますよ」

ガヤガヤと周りが騒ぎ始める。「あるんだって」「しかも簡単にだって」「子供がすぐ風邪引くんだ、しかも一人倒れると次々と」

しまった、こんなに需要があるなんて。

あまりに作り方が簡単だからうっかりしていた。

もっと早く作るべきだったわ。

「アシュレン様、今から作ってもいいですか？」

「もちろん。必要な薬草はあるか？」

「倉庫で見かけたことはないのですが、この近くに薬草園はありますか？」

「それなら城の裏にある。案内するよ」

薬草園！　実は一度行ってみたかった。

ジルギスタ国にいる時は頻繁に薬草園に行っていたけれど、ここに来てからは必要なものは全て倉庫にあったので、薬草園に行く必要がなかったのだ。

やった、と喜びながら騎士団の方々にお礼を言って、私はお城の裏へと続く道を早足で進む。浮かれて前ばかり見ていた私は、アシュレン様が優しく目を細めながら隣を歩いていたことに、最後まで気づかなかった。

お城の裏は、思いのほか広かった。こんなに奥まで敷地が伸びていたなんて意外。井戸や洗い場のある裏庭の向こうは背の高い木がこんもりとしていた。常葉樹が多いようで冬だけれど葉をつけた木が多く、そのせいか辺りは薄暗い。

その中をくねくねと縫うように走る小道を抜けると、突然ポカンと空がひらけた。目の前には青々とした葉の繁る薬草園。

「すごい！　こんなに広いなんて思いませんでした」

ジルギスタ国の倍以上はあるだろうか。ここにあるだけの薬草で自給自足はできないけれど、頻繁に使うものはもちろん、研究も兼ねて育てているものもあるらしい。

「必要な薬草はあるか？」

「はい、ポピュラーな薬草ですから」

目当ての薬草は一目見て分かる場所にあった。私は薬草の生育状況をしゃがんで観察しながらそこへ進む。よく手入れされた薬草園だ。

「これです」

「これが？」

怪訝な顔をしてアシュレン様が目を向ける先には、半枯れ状態の薬草が。高さは私の腰ぐらいまでで、大ぶりの赤茶けた葉が重たげに垂れ下がっている。

「これは……風邪薬によく使う薬草だよな。主に花、それから種を使う」

夏に花を咲かせ、秋に赤い実をつけるこの薬草は一年で枯れてしまう。だから、春先には抜いて新しい苗に植え替える必要がある。

「使うのは葉と茎です。手で簡単に折れますので葉付きのまま持てるだけ採りましょう」

私はできるだけ根元に近い部分に両手を添え軽く捻ると、茎はポキリと小さな手応えと一緒に簡単に折れた。次々と折っていく私の横で、アシュレン様も茎に手をかける。

練習場からこちらに向かう途中で再び巻いていた私のマフラーが、ちょっと作業の邪魔をしているように見えた。

「マフラー、邪魔ならお待ちしますよ」

「いや、暖かいしできれば借りていたい」

なんだか気に入ったご様子。カニスタ国に来る前に港町で適当に買った安物なんだけれど。

薬草はすぐに両腕にいっぱいになった。それを持って来た道を戻り、裏庭にある井戸へと向かう。

「アシュレン様、大きめの鍋を借りたいのですが厨房（ちゅうぼう）はどちらですか？」

「研究室じゃなくてここで作るのか？」

「研究室はフローラさん達が使っていますし、屋外のほうが何かと都合がいいのです」

分かった、とアシュレン様は私を厨房に連れて行ってくれた。

そこで借りた五十センチほどの深さの大鍋にお湯をいっぱい沸かすと、アシュレン様と一緒に裏庭に運ぶ。

「研究室でしない理由ですが、すぐに分かると思います」

鍋を地面に直接置いて、湯を沸かす間に洗った薬草の葉と茎を手でちぎりながら入れていく。そして借りてきた柄杓（ひしゃく）で豪快に混ぜる。ぐるぐると柄杓を回すうちにお湯が赤胴色に変わってきた。そして、その色が濃くなるにつれて、

「うっ、なんだ、この鼻をつく刺激臭は」

「これが屋外でした理由です」

アルコールを蒸発させたような匂いに鼻の奥がツンとする。そのうち、目もしょぼしょぼしてくるはず。

「アシュレン、ライラ、こんなところで何をしているの？」

「室長！」

いつからそこにいたのか、両手に書類を抱えた室長が、少し離れた場所から鼻を摘みながらこっちを見ていた。

「風邪の予防薬を作っています。室長はどうしてここに？」

「新薬の方向性が見えてきたから、レイザンにちょっと相談をしに来たの。風邪の予防薬って聞こえたけれど、それがそうなの？」

室長は鼻を摘んだままこちらに来ると鍋の中身を覗き込む。

「あっ、湯気が目に入ると痛いですよ」

慌てて告げた私の言葉に、室長とアシュレン様が同時に数歩下がる。私も風上に移動してから、再び柄杓でざっくりと混ぜ始める。

「ジルギスタ国でこの薬草は至る所に自生していました。ちょっと森に入れば群生しているし、飛んできた種が勝手に畑の隅で育ったり、田舎では畦道（あぜみち）を歩けばあちこちで見かけます。カニスタ国ではどうですか？」

「この国もよく似たものだ。平民の子供達は花や実を摘んで薬草問屋に持って行き、生活の足しにしていると聞く」

隣国なのでその辺りはあまり変わらないのね。カニスタ国のほうが気温が高いから、花や実のなる時期はちょっと違うかもしれないけれど、誤差一ヶ月程度でしょう。

「よし、これでできました」

「もうできたのか？」

「煮ただけよね？」

同じアイスブルーの瞳を丸くする二人。こうして見るとやっぱり母息子（親子）ね、その表情がとてもよく似ている。

「はい、あとは瓶詰めして終わりです」

「本当に簡単だな。煮る時の温度とか湯と薬草の割合はどうなんだ？　見た感じかなりざっくりと作っていたように思うが」

おお、さすが。よく見ていらっしゃる。

そう、それがこの薬のいいところなのだ。

「適当です。薬草とお湯の割合は、薬草一に対してお湯が五から六ぐらい。葉や茎は、大体小指の半分ぐらいの大きさに千切ってください。使うのは煮汁なので、あまり細かくすると瓶に移し替える時に紛れ込んでしまいます」

特にその大きさにこだわりはなく、揃える必要もない。

「それから煮る温度ですが、沸騰したお湯を二、三分冷ましたぐらいがちょうどいいです。冷えていると成分が出にくいので、葉を入れた状態でもいいので温め直してください。でも沸騰したお湯で作るとアクが浮き、使い物にならなくなるので注意してください。煮る時間はだいたい十分ぐらい、このぐらいの色が出れば完成です」

「普段のライラのレシピからは考えられないぐらい大雑把だな」

「本当、料理のレシピみたい。これなら誰でも簡単に作れるわね」

そう、そうなんです！　室長。例えがうまい。

プロの料理人なら細かく材料を量るでしょうけれど、一般的な家庭料理は殆どが目分量。

それと同じ感覚で作れる理由はその使用方法にある。

＊＊＊

愚息が連れ帰ってきたのはふわふわの茶色い髪の可愛らしい令嬢だった。

突然の歓迎に大きな瞳をさらに見開いて驚きながらも、丁寧に挨拶をする。

初めて来た場所にも関わらず物怖じしない性格のようで、一人一人としっかり目を合わせる様子には好感が持てた。

華奢（きゃしゃ）というより少し痩せすぎの身体だけれど、出された食事はしっかり摂っていたので健康状態は悪くないとひとまず安心する。ただ、全てを一人で背負おうとする張り詰めた雰囲気が気になった。

先触れに書かれていたのは令嬢の名前と、ジルギスタ国の新薬を作ったのは彼女だという事実。

そんな機密をどうやって知ったのかも、何と言って説得したのかも省略されている。

せめてもう少し情報をと、手紙を持ってきた従者を問い詰めると、夜会から連れ去りそのまま船に乗せたという。

何してるの。

妙齢の女性を連れ去るような男に母は育てた覚えはないわよ。

息子の暴挙に軽い目眩を覚えながら、とはいえ、言い寄ってくる令嬢をバッサリと切り捨て、その煩わしさから女嫌いの域に達していたアシュレンが女の子を連れて来るのは嬉しくもある。

そのままお嫁さんになってくれないかな、と思わず呟いたことが噂として広まったのは予想外。ふふ、決してわざとではないのよ。

その噂もそのうちアシュレンが火消しをするでしょう、と放っておいたのだけれど。

出勤も帰宅も同じ馬車。別邸の侍女に探りを入れると、食後に同じ部屋で本を読んだり、お茶を飲んだりと、意外と仲良くしているらしい。

さらに追い打ちをかけるように、薬草課で涙ぐむライラを抱き寄せ慰めたと聞いた時は、我が耳を疑ったわ。あの女嫌いの息子が。

そんなことを頭の隅で思いながら新薬の相談で薬草課に向かうと、丁度アシュレンとライラが裏口から出てきた。二人の手には調理場で借りたであろう大鍋、さらにアシュレンの首には女性もののマフラー。

何あの締まりのない顔。あんな顔する子だったかしら。

二人は鍋を直接地面に置くと、赤色の葉や茎をその中に入れていく。そしてライラが柄杓で混ぜ始めた。まるで子供のおままごとのように適当な手順で作られたその鍋の中からは、次第に鼻をつく刺激臭がしてきて。

えっ、大丈夫？　いったい何を作っているの？

心配になって思わず声をかけると、風邪の予防薬を作っているという。

こんなに適当に？　それに予防薬なんて初めて聞いたわ。

「これは飲み薬よね？」

ちょっと、いいえ、かなり飲みにくそうな気がするけれど、と思って聞けば、ライラは首を横に振る。

「これはうがい薬です。それから、消毒薬としても使えます。水で薄めて食器や机、ドアノブを拭くのに使えます」

うがい薬！　その発想は今までなかったわ。風邪の原因は目に見えない菌によるもので、それは人から人に感染するとされている。今まで感染した人をいかに早く治すかばかりに気をとられていたから、感染そのものを防ぐなんて思いつかなかったわ。

しかも飲み薬でないのなら、そこまで厳密に配合を気にする必要はない。

「感染予防ということね。すごいわ、私にその発想はなかったもの。しかもこんなに簡単に作れるなんて、すぐにでも沢山作って王都に流通させましょう」

「そうですね。俺、今から薬草課の人に説明をしてきます」

「それならレイザンと会う約束をしているから私から話しておくわ」

こんなに簡単にできるなら、薬草課だけでなく厨房の使用人にも手伝ってもらおうかしら。大きな鍋が必要だから、騎士団にある遠征用の大鍋を借りて、ついでに騎士団の皆にも作ってもらうのもいいわね。

頭の中で段取りを組んでいると、ライラが何か言いたげに私を見ていることに気がつく。

「どうしたのライラ、何か気になることでも？」

「いいえ、その。でも、私がそこまで言うべきではないと思うのですが……」

いつもははっきりと意見を言うライラが珍しく口籠る。きゅっと胸の前で両手をにぎり、目線を彷徨（さまよ）わせる彼女は珍しい。

「どうしたんだライラ、気になることがあれば何でも言ってくれ」

「そうよ、遠慮はしないで。それに意見を採用するかどうかを最終的に決定するのは私なのだから、責任とか自分の立場とか、そんな気にしなくていいのよ」

そう言うと、ライラは目を見張って私を見返してきた。

どうしたの、そんなに驚いて。

あぁ、きっと今まで誰にもそんなこと言われたことがなかったのね。前の上司であり婚約者は、聞いた話では相当の屑（くず）のようだし。

「ありがとうございます。実はジルギスタ国でも提案したのですが、それは私の考える領分ではないと怒られてしまったので、出すぎた意見かもしれませんが」

それでもまだ言いにくそうに前置きしたあと、ライラが提案してくれた内容に私は再び驚かされた。

「この消毒薬の作り方を、王都、いえ国中に広めることはできませんでしょうか？　さきほど説明した通りすごく簡単な作り方です。料理のようだと室長は仰いましたがその通りで、専門知識のない平民でも聞けば作れる薬です。材料も水と手近に生えている薬草。流行り病は貧困層から広まることが多いですが、薬として売ってしまうと彼らは買えないかもしれません」

「……ライラ！　それはすごく素晴らしい方法だ。室長もそう思われますよね！」

息子よ。なぜ自分のことのように鼻高々なのだ。確かにこんな素晴らしい宝を連れて来たのは貴方だけれど。

「ええ、私も同意見だわ。出来上がった消毒薬はひとまず効果を確かめるためにお城で使うとして、それと並行してレシピの流布も進めるわ」

「ありがとうございます。ですが……そうなると、研究室だけでなく他の部署も巻き込む大仕事になってしまいませんか？」

確かに。まず宰相に話を通し、国王陛下達にも説明をする。それから各領地の貴族にレシピを渡し、彼らから領地民にそれを周知してもらわなくてはいけない。でも、大丈夫でしょう。

「問題ないわ。そのために私はここにいるの、任せておいて」

「ライラ、人を動かすことにつけて母の右に出る者はいない。安心しろ」

ライラは私とアシュレンの顔を不思議そうに交互に見ると、戸惑いながらも頷いた。

細かな事情を話してもいいのだけれど、それはのちのち。今はいいとしましょう。

「二人で瓶詰めは大変でしょうから人を呼んでくるわ」

「いえ、瓶だけもらえればあとはライラと二人でします」

あらあら、どうやら私はお邪魔虫のようね。クスクスと笑うとアシュレンが睨んできた。はいはい、母は気を利かせて立ち去ってあげるから、あとは頑張りなさい。

私は二人に手を振り薬草課の扉を叩くことにした。

4．ジルギスタ国1　アイシャ編

おねえさまが異国に行くだなんて、予想外のことでしたわ。しかも、おねえさまの書いた手紙を届けてくれたのが、カニスタ国の侯爵令息アシュレン様。

カーター様よりもずっと格好がよく、整ったお顔は見惚れるほど。

彼の下でおねえさまが働くと思うと癪(しゃく)に障るけれど、いつも難しい顔をして愛想がなく、その上気の利かないおねえさまがうまくやっていけるとは思えない。

きっとそのうち、泣きながら帰ってくるわ。その時には、私はカーター様と結婚しているかもね。

おねえさまの代わりの補佐官はすぐにやってきた。雑用なんて誰でもできるから当然ですけれど。

これでお仕事に全く支障はない、そう思うのに、最近のカーター様はずっと機嫌が悪い。

今も私がせっかく紅茶を淹れて差し上げたのに、一口飲んだだけで「美味しい」とも「ありがとう」とも言わず、眉間に皺を寄せ書類に目を通している。

「まさか退職届を第二皇子殿下に渡されるとは思わなかった。俺の手元に届いていれば、もみ消してすぐにライラを連れ戻すことができたのに」

ブツブツと、もう何度目になるか分からない同じ内容の不満を口にしている。

おねえさまなんてどうでもいいじゃない。

それより私をもっと見てくれればいいのに。新しい髪飾りにも全く気づいてくれない。

「カーター様、ご指示通りこちらの資料を纏めました」

補佐官が厚さ数センチの書類を持ってきた。

「たったこれだけを纏めるのに、どれほどの時間がかかっているのだ」

「しかし、これでも急いだのですが……」

「言い訳をするな。それより、試薬品の作成が遅れている、準備はできているんだろうな？」

「今まで書類を作っていたので……これからすぐにいたします」

補佐官は三十歳ほどの男性。グレーの髪を後ろに撫でつけ、気難しそうな顔をしている。

その眉間の皺が日増しに深くなっていく気がするけれど大丈夫かしら。

そうだ、彼にも紅茶を淹れてあげましょう。少し休憩すればいいのよ。

やっぱり私って気が利くわ。

お茶の用意に取りかかろうとすると、カーター様に呼び止められた。

「アイシャ、昨日頼んだ書類はどうなった？」

「書類？」

何のことかしら？

書類は毎日たくさん渡されるけれど、多すぎて何が何だか分からない。

とりあえず机の上に置いていたら、いつの間にか山のようになってしまった。

「少しお待ちください」

どこに置いたかな？

真ん中にある書類を引っ張り出すと、上のほうに積んでいた書類がつられてドバっと崩れ、床になだれ落ちた。

「おい、その中には機密書類もあるのだ。もっと丁寧に扱え‼」

苛立った怒声が私に浴びせられる。

私を怒鳴るなんて！　カーター様が次から次へと書類を渡すのがいけないんじゃない。

「酷い、そんな大声をあげなくてもいいではありませんか！」

「い、いや。そんなつもりは。でもアイシャ、悪いが、もう少し整理してくれないか？」

目に少し涙を浮かべながら上目遣いで言うと、カーター様は慌ててしゃがみ込み書類を拾い始める。

「以前はもっと机の上が綺麗だったじゃないか。あの時のようにしてくれればいいんだ」

あれは、渡された書類を全ておねえさまの机に置いていたから。

今もおねえさまの机は残っているけれど、既に書類がうずたかく積まれていてもう置き場がないから、やむを得ず私の机に置いているのに。

仕方なく私も落ちた書類を拾うと、細かな数字が沢山書かれたものを見つけた。

「もしかして探しているのはこの書類ですか？」

「あぁ、そうだ、これだ!!」

ほら、ちゃんとあるじゃないですか。

それなのに、せっかく見つけた書類を手にしたカーター様は眉を吊り上げた。

「おい！　まだ半分もできていないじゃないか！　しかも書いてある数字が半分以上間違っているぞ」

「そうですか？　でもそんなに沢山の数字、見ているだけで頭が痛くなってしまいますもの」

だって、令嬢が計算なんてする必要ないでしょう。

お母様もそう仰っていたわ。

難しいことは全て男性がしてくれるって。

それなのに、カーター様は深いため息を吐く。

以前なら「仕方ないな」って優しく笑いながら頭を撫でてくれたのに。

向けられた視線には僅かに侮蔑の色が滲んでいた。

「アイシャ、ライラと同じようにとは言わないが、もう少し仕事をしてくれないか？」

「!?　カーター様は私よりおねえさまのほうが優れていると仰るのですか？」

「いや……そうは言っていないが。しかし」

「そんなこと、補佐官にさせればいいじゃありませんか」

おねえさまの代わりに来た補佐官なのだから、彼が全部すべきだわ。

私は、忙しいのよ。

肌や髪の手入れもしなければいけないし、流行りのドレスも作らなきゃいけない。

「あぁ、そうだな。……分かった。でも、せめてその机の上だけは片付けてくれないか。それから、もうすぐ製薬課の者が薬草の乾燥時間を聞きに来るから、教えてやってくれ」

そう言うとがっくりと肩を落とし、カーター様は隣の実験室に向かった。

その後ろ姿が疲れて貧相に見えることに私は眉を顰める。

私の婚約者なのだから、もっと相応しい立ち居振る舞いをしてもらいたいものだわ。


扉を叩く音がして開ければ、製薬課の人が立っていた。

「薬草の乾燥時間を聞きにまいりました。カーター様はいらっしゃいますか？」

「それでしたら私がお教えすることになっております。少しお待ちください」

薬草の乾燥時間って何かしら？

毎日のように聞きに来るけれどよく分からないのよね。

とりあえず、今日もおねえさまの机の中から適当なメモを見つけて、そこに書いてある数字を書き移す。

それにしても、ただ乾燥させるだけなのに、どうしてわざわざ聞きに来るのかしら。

あ、分かった。きっと私に会いに来たのね。ふふ、それなら仕方ないわ。

だからとびっきりの笑顔でメモを渡してあげたのに、受け取った職員は首を傾げた。

「あの、これで本当に合っていますか？」

「私が間違っていると仰るのですか？」

「いえいえ、そういうわけではないのですが。最近、受け取った時間の通り薬草を乾燥させても仕上がりよくなくて。ライラさんから言われた通りにしていた時はこんなことなかったのですが」

「それはあなた達のやり方が間違っているのではなくって。私のせいではないわ」

一日に二度もおねえさまの名前を聞くなんて。この男も私とおねえさまを比べるの？

しかもまるでおねえさまのほうが優れているかのような言い方。

「申し訳ありません。ではこのメモの通りにいたします」

慌てたように出て行くその後ろ姿を睨みつける。全く失礼な男ね。

今度は実験室からカーター様の怒鳴り声が聞こえてきた。

また、あの補佐官が怒られているみたい。

でもそんなこと私には関係ない。

だってもう五時ですもの、帰る時間だわ。

その前に机の上の書類を片付けておかないと、またカーター様がイライラしてしまう。

「そういえば、カーター様がここにある書類を読んでいるのは見たことがないわ」

ということは、これはきっとそれほど大切なものではないのよ。

「それなら捨ててしまいましょう！」

私はゴミ袋を取り出すと、机の上の書類をその中に放り込む。

すぐに机の上はすっきり。ついでにゴミ袋は一杯。

よし、これで完璧。

あとは補佐官宛にゴミを捨てるようメモを残して。

私の仕事はこれでおしまい。

5. 湖の古城

カニスタ国の春は思ったより早く来た。

それほど冷え込むことのない冬を終えると、木々の蕾（つぼみ）が膨らみ始める。

今日は仕事がお休み。

遅めの朝食を摂ったあとリビングで本を読んでいると、カリンちゃんが遊びに来た。

その後ろには、本邸の料理人が焼いたマドレーヌを持つ室長の姿も。

せっかくだからと、アシュレン様も加わり皆でお茶をすることに。

「クシュン」

室長がまたくしゃみをする。

「あぁ、今年も駄目だったわ」

赤い鼻をハンカチでおさえ、涙目で呟いた。

「申し訳ありません。私も花粉症の薬は何度も挑戦しているのですが、まだ成功しなくて」

冬の間に室長が取り組んでいた新薬は、花粉症を完治させる薬。途中から私も加わり完成を目指したけれど、失敗に終わってしまった。ジルギスタ国にいた時から何度も挑戦しているけれど、いつも失敗して春を迎えてしまう。

「ライラにも作れないものがあると聞くと、何だかホッとするな」

鼻を赤くする母親を横目に、アシュレン様が意地悪く唇の端を上げる。

「そんな薬、沢山ありますよ？　アシュレン様が頑張ってください」

「俺は花粉症ではない」

「苦しんでいる人は沢山います。それに親が花粉症の場合、子供もかかることが多いですよ」

うっ、とアシュレン様は眉を顰め口をへの字にした。是非次回は、薬作りに強制参加させよう。

「それでも、ライラが調薬してくれた薬のおかげで今年はまだ症状が軽いわ」

鼻をズッと鳴らしながら室長が紅茶を口にする。でも鼻が詰まっているせいで、せっかくのいい香りや味も分からないと嘆く。

「目のかゆみや鼻水を抑える薬なので、完治させられるわけではありませんが、症状が軽くすんでいるならよかったです」

でもこの薬、加減が難しいのよね。目も鼻も潤いは必要で、効きすぎると乾燥させてしまうからよくないし、かといって効き目を弱くすると効果が下がる。このバランスがうまくいかない。来年こそは完成させたいものね。

「おばあ様、来週の旅行のお誘いに来たのでしょう？」

話に入れないのがもどかしいようで、私の膝に座って本を読んでいたカリンちゃんが会話に入ってきた。

うん？　旅行？

「ね、ライラも一緒に来るでしょう？」

「えーと、どこにですか？」

拙い説明ではあまり要領を得られず、首を傾げていれば室長が説明をしてくれた。

「来週一週間、研究室は春休みに入るでしょう。いつもそれに合わせて、少し離れた領地に旅行に行っているの。今年は貴女も一緒に来ない？」

カニスタ国は働く時はしっかり働き、その代わり長期休暇もちゃんと与えられる。普段は仕事で忙しく、どうしても子供と過ごす時間が少ないので、長期休暇は家族で旅行するのがこの国のスタンダードな過ごし方らしい。素晴らしい！

とはいえ、私は居候の身。一緒に行ってもいいのかな？

本来なら一ヶ月ぐらいで家を探すはずだったのだけれど、女性の一人暮らしはやっぱり物騒なので、中々いい物件が見つからない。それに、カリンちゃんが毎日のように訪ねてきては、また明日ねと帰っていくので、なんとなく先延ばしになってしまっている。

「ねぇ、一緒に行こう。アシュレン様もライラがいたら嬉しいよね」

「ごほっっ！」

急に話を振られたアシュレン様が、紅茶を吹き出しかけてむせている。それを見て室長がクスクスと笑いながら、ハンカチを差し出した。

「げほっ、俺はどちらでもいいが、ライラはどうだ?」
「家族旅行に私がついていってお邪魔ではないでしょうか?」
「兄夫婦は来ない。俺たちの休日が終わった頃に異国から戻ってくるから、それ以降に三人で旅行をするらしい」

どうしようかな。休みの日にフローラさんと一緒に買い物をしたり、カフェに出かけたりしたことはあるけれど、王都から出たことはまだ一度もない。せっかくカニスタ国に来たのだから、いろいろ出かけてみたいとは思っていた。

「では、私も数日ご一緒させてください。カリンちゃんのお世話をいたします」
「やった! 約束だよ。よかったね、アシュレン様!!」
「なっ! 俺は別にどちらでも……」

ぎゅっと首に抱きついてきたカレンちゃんに対し、アシュレン様はむすっとマドレーヌを頬張る。

あれ、ご迷惑だったかしら?

ツイと逸らした目の下が少し赤いのは気のせい?

「やっぱり図々しいでしょうか?」
「いや、そんなことは……」
「私が一緒に行くのは嫌ですか?」

と笑っていた。


「……そんなこと言っていない」

「あっ、もしかしてまた何か企んでいます？」

「なっ！　なんでそうなる。それに『また』とはなんだ！」

　だって腹黒だもん。怪しい、とジト目で詰め寄る私を見て、室長とカリンちゃんはくすくすと笑っていた。


　夕食後、私はリビングで本を読みながら窓の外をチラチラと見る。

「あっ、灯りが見えた」

　手元に置いていたランプを持ち、庭先へと張り出したテラスに向かう。カリンちゃんの部屋のあたりで、小さな灯りが丸く弧を描き、次いで真横に引かれる。

「あれは何だったかしら？」

「『明日』、だな」

　私の呟きに背後からアシュレン様が答えてくれる。小さな灯りはまだ動きをやめず、今度は斜め上から下に、そして三角形を描く。

「えーと、『行く』でしょうか」

　灯りの動きには意味がある。なんでも手旗信号の派生で灯りを使って遠くの人と言葉を交わすらしい。本邸にいても話がしたいとカリンちゃんが言い出し、アシュレン様が思い付いたのがこの方法。

カニスタ国の令息は最低限の騎士教育が必須らしく、手旗信号や灯りでの合図もそこで学ぶらしい。人口が少ないから、いざという時は皆が剣を振るえるように教育されている、と教えてくれた。

「どうやらカリンは明日もこっちに遊びに来るつもりらしい」

「いいではありませんか。賑やかで楽しいです」

『分かった』の合図として私は灯りを頭上で二回まわす。

「アシュレン様、『楽しみにしている』はどうしたらいいですか？」

「うーん、あくまでも緊急事の伝達手段だからな。ま、これでいいか」

ランプを持つ私の手にアシュレン様の手が重なる。その手の大きさと、背中に感じる温もりに思わず心臓が跳ねた。近い。

私の手を、アシュレン様が縦に真っ直ぐ下ろしたあと、横に少し動かす。アルファベットのLに似ている。

「これにはどういう意味が？」

「分かった、に好意的な意味を込めたものだ。同じ同意の意味がある合図でも、渋々の意味を交えたものもある」

耳朶（みみたぶ）に温かい息がかかり、顔に熱が集まってくる。

婚約者がいたとはいえ、カーター様とは夜会のエスコートで手を重ねるぐらい。背後から抱きしめられるようなこの体勢は、私にはちょっと、いや、かなり刺激が強い。

「どうしたんだ？　顔が赤いぞ」

それなのに、さらに覗き込んでくるなんて。

わざと私を揶揄っているのだろうか。

恥ずかしさに耐えかねて、腕から離れるように一歩前に進み、ゆらりと半円を描く。私とカリンちゃんで考えた「お休みなさい」の合図。

「アシュレン様、私も自室に戻ります」

「ああ、お休み」

ポンとごく自然にアシュレン様の手が私の頭を撫でる。私は赤い顔を見られないよう、下を向いたままその場を離れた。

そして長期休暇がやってきた。

王都から馬車で三時間の場所にある領地は、穏やかな丘陵に湖、そして森も広がる自然豊かな場所だった。

アシュレン様の手を借り馬車から降りた私は、大きく伸びをする。

「長閑(のどか)ないい場所ですね。空が抜けるように青いです」

「夜には星が綺麗に見える。昔はあの湖で泳いだものだ」

そんな時代がアシュレン様にもあったのですね。

「今でも整ったお顔ですし、可愛い幼少期だったでしょうね」

まじまじとご尊顔を見つめながら子供時代を想像する私に、アシュレン様は所在なさげに視線を彷徨わせる。

「……前から思っていたが、それは無自覚か？　もしかして実は計算高いとか？」

「何のことです？　こんなところまで来て仕事させないでくださいね」

カニスタ国に来て休むことが大事って分かった。睡眠不足は集中力を欠けさせ仕事の効率を下げるし、気分転換も必要だ。って、あれ。アシュレン様が深いため息を吐かれている。こんな素晴らしい景色なのにどうしたのかしら。

「ライラ、あのね、おうちの一番上は屋根裏部屋になっていて、そこから星を見ながら寝ることができるんだよ。今夜は一緒に寝よう！」

室長と一緒の馬車からカリンちゃんが降りて走ってくると、その勢いのまま私に抱きついてきた。可愛すぎる。

「それは素敵ね。室長、いいでしょうか？」

「ええ、是非お願いするわ」

カリンちゃんの後ろから歩いてくる室長に聞けば、全く問題ないと微笑まれた。

湖のほとりに建つ二階建ての建物がナトゥリ侯爵家の別荘。別荘といっても私の実家ほどあるのだから、さすが侯爵家。

落ち着いたレンガ造りと赤いとんがり屋根のその別荘は、一階のテラスが湖面に張り出ている。子供の頃、アシュレン様と侯爵様はそこから湖に飛び込んでいた、と室長が教えてくれた。

荷物を下ろし、一息つくと、使用人達がテラスに食事を用意してくれた。この辺りで採れた野菜やウサギのお肉を使った料理。ウサギは食べたことがないから分からないのだけれど、下処理がいいのか柔らかく食べやすかった。

食事と入浴をすませると、カリンちゃんが早速私の部屋にやってきた。フリルのついた真っ白な寝着に着替えたカリンちゃんは、頬を染め待ちきれないとばかりに私の袖を引っ張る。

「ライラ、早く屋根裏部屋に行こう」

「ええ、分かったわ」

寝着の上にガウンを羽織り枕を持つ。同じように枕を抱えたカリンちゃんに手を引かれ、階段を登った先にあったのは、私の背より少し低い小さな扉。

何これ、まるで秘密基地みたい。

カリンちゃんがワクワクするのも分かるわ。

身を屈め部屋に入ると、茶色い板張りの床上、天井の窓から差し込む月明かりの下にマットレスが敷かれていた。小さな扉からどうやって持ち込んだのかは不明なそのマットレスに、カリンちゃんがぴょんと飛び乗る。

ボンと、スプリングが跳ねるのを楽しむように何度も飛び跳ねるその横で、私も靴を脱いでマットレスに上がった。

屋根が三角だから、真上の頂点を目指して壁が斜めに伸びている。その壁に大きな嵌め殺し窓が二つ付いていて、そこから淡い月明かりが部屋に差し込んでいた。

持ってきた枕を置いてその上にゴロリと寝転がると、窓が額縁のように夜空を切り取り、大小様々な星が輝いて見える。

降ってきそう、というより吸い込まれそうな星空。

耳をすませば、微かな風が木の葉を揺らす音と、その合間に梟の鳴く声が聞こえる。

穏やかな夜を迎えることができるようになったのは、カニスタ国に来てから。ジルギスタ国にいた時は毎日クタクタで、帰れば泥のように眠るだけだった。こんなふうに夜空を眺める時間なんてなかった。

カリンちゃんが私のすぐ横に枕を置いて、同じようにゴロリと寝転ぶ。

子供特有の甘い匂いと細い髪がふわりと頬にあたり、知らず口元が綻ぶ。

「ライラ、湖の真ん中に島があるでしょう」

星明かりの下で、アシュレン様と同じアイスブルーの瞳をキラキラと輝かせる。

「木がこんもりと繋っているあの島のこと？」

「そう、あのね、あの森の中には昔のお城があるのよ」

まるでとっておきの秘密を囁くように、私の耳元に顔を近づけてカリンちゃんがそっと教えてくれた。この部屋には私達しかいないのに、と思わず笑いが溢れてしまう。

「秘密のお城ね。カリンちゃんは行ったことがある？」

合わせるように私も声を潜めれば、カリンちゃんは嬉しそうにすり寄ってくる。

「ないよ、お父様が行っちゃだめだって。あの島は呪われているの！　それでお城の中には綺麗なお姫様が眠っていて、キスで起こしてくれた王子様と結婚するの」

「あらあら、それなら王子様は急がなきゃ。お姫様がお婆さんになっちゃうわ」

「もう、ライラ！　寝ている間は歳を取らないから大丈夫なのよ」

でも、王子様は歳を取ってしまうわよ。

うーん、でも寝ている間にキスされて、その相手と強制的に結婚ってお姫様はそれでいいのかしら？

「それでね、この湖のお水は呪われているから飲んじゃダメなのよ」

「えっ、飲めない水なの？　では料理で使っている水は？　紅茶も普通に飲めたわよ」

「うーん、よく分からない。でも、遠くからお水を持ってきて水瓶に溜めていて、私はそれしか飲んじゃダメって言われているの」

「井戸水は？」

「あるけれど、飲むとお腹が痛くなるってお母様が言ってた」

飲めない水。飲むと腹痛を起こす水。

でも、テラスから見た湖はとても澄んでいて、湖底が見えるほど。

「それなのに飲めない」

どうして？　何が考えられる？

私が思考を彷徨わせていると、隣から穏やかな寝息が聞こえてきた。

そうね、今日は沢山移動して疲れたもの。

私も疲れたわ。

湖の水については明日考えよう。

満天の星をもう一度眺めたあと、私もゆっくりと瞼（まぶた）を閉じた。


次の日、室長とカリンちゃんは近くの街にお出かけ。

アシュレン様は馬で遠乗りに。

室長達から誘われたけれど、私は湖の周りを散歩したいからと一人お留守番を選んだ。

「さてと、準備はこんなものでいいかな」

侍女から借りたリュックに必要と思えるものをあれこれ詰める。

さらに料理人に頼んで、お昼に食べるサンドイッチも作ってもらい、潰れないようリュックの一番上に置いた。

水筒は少し大きめのものを用意。よし、荷物はこれで完璧ね。

服装は、動きやすさ重視で買ったひざ下丈のワンピース。それに編み上げブーツを合わせる。

髪は首の後ろで一つに束ね、長袖の上着を羽織る。

「うわ、すごく統一感のないコーディネートね」

鏡に映る自分の姿に思わず眉が下がる。

別に気にしないけれど。

私はもう一度忘れ物がないかを確認して、行ってきますと別荘を出た。

「とりあえず湖に行こうかな」

行こう、と言うまでもなく、別荘を出て右に回るとすぐに着いてしまうのだけれど。

そこは岩場なのでそのまま歩みを進めると、足元が小石まじりの砂利になってきた。

春の日差しを受けて湖面がキラキラ輝いている。こんなに綺麗なのに、どうしてここの水は飲むことができないのかしら。

十分も歩けば小さな砂浜が広がる場所まで来た。

そこで靴を脱ぎ、スカートを太ももまで捲り上げて湖の中に入る。もちろん、周りに人がいないことは確認済みだ。

「冷たっ！」

予想はしていたんだけれどね。朝だからか思ったより水が冷たい。

立っていると小さな波が寄せ、足の指が砂に埋もれていく。

少しくすぐったいその感触を楽しみながら。暫く、湖の底に揺らぐ自分の足の甲を見ていたけれど、特にかゆみや痛みはない。刺激もなし。

身体を捻って、膝裏の皮膚の柔らかい部分を見ても赤みは帯びていない。

新薬を作る時はいつも、皮膚の薄い手首の内側でテストを行い、肌に負担がないか確認する。

今回、膝裏の皮膚で試したのは……単に湖に入りたかったから。特に深い意味はない。

「飲んだらお腹が痛くなるのよね」

言い換えれば死ぬことはない。

私は片手でスカートが湖面に付かないよう纏め、もう片方の手で水を掬うと躊躇うことなく口に含んだ。

味を確かめるように舌の上で水を転がし、最後にぺっと吐き出す。品がないけれど、誰も見ていないからセーフでしょう。

「なるほど。お腹が痛くなる原因は分かったわ」

小さな小魚が足元を泳いでいるから、毒はないと思っていたけれどそういうことね。

それなら井戸水が飲めないというのも納得ができる。

「さてと、そうなるとますます不思議なのが湖の中にある島よね」

昨晩、話を聞いた時から不思議だった。どうして島に古城があるのか。

だって、湖の水は飲めないし、井戸水もダメ。

別荘で使う飲み水は一番近い街からここまで運んできたもの。

だとしたら、その古城に住んでいた人達はどうやって飲み水を確保していたのか。

古城というからにはそれなりの数の人間が暮らしていたのでしょう。毎回船で飲み水を運ぶのはどう考えても面倒で非効率的。

「気になる」

気になることがあると調べないと気が済まない、それが研究者の性（さが）というもの。

幸い湖に張り出した桟橋には手漕（こ）ぎボートもあるし、湖だから波は殆どない。島までの距離も……多分大丈夫、だと思う。

私は湖から出ると、リュックからタオルを取り出し足を丁寧に拭いてから再びブーツを履く。

そして桟橋に向かって歩き出した。

桟橋に並ぶボートから一番奥にあるものを選び、恐る恐る足を踏み入れると、ぐらりと揺れる。

「きゃっ」

思わずしゃがみ込み、ボートの縁にしがみつく。その体勢のままゆらゆらとした揺れがおさまるのを待ってから、縁から手を離し身を乗り出して、ボートと桟橋を繋いでいる荒縄に手をかけた。

でも、思ったより固く結ばれていて中々ほどけない。固いというか、独特な結び方と言うべきかな。

「……何やってるんだ？」

荒縄と格闘すること五分。

頭上から呆れた声が聞こえてきた。

「アシュレン様！　どうしてここに!?」

「やはり一人はつまらんと引き返してきたのだ。せっかくだからライラと一緒に散歩でもしようかと探しに来たんだが……随分遠くまで散歩に行くつもりなんだな」

「……せっかくいい天気ですので、ボートの上でお昼を食べようかと」

島に行ってはいけないとカリンちゃんに言われていた手前、ここは誤魔化したほうがいい気がする。

「すごい荷物だな、それ全部食べ物か？」

「……自然豊かだとお腹が空きますよね」

「草むらにも分け入っていけそうな靴だな」

「……」

「水筒も大きいし、水分補給は問題ないか」

ニタニタと目を細めこちらを見る顔は、私が何をしようとしているのか分かっているようで。

これはもう誤魔化しようがないと諦めるしかない。

「……一緒に来ますか？」

「それは俺の台詞だ。ボートを漕いだ経験は？」

「ありません」

でも、なくてもできると思うのよね。

見た感じ、簡単そうだし。

「意外と無謀なところがあるんだな。いや、俺に声をかけられそのままこの国に来るぐらいだから、向こう見ずな性格は折り紙付きか」

アシュレン様はひょいとボートに乗り込むと、あっという間に荒縄を解く。何でも水夫達が使う特別な結び方があるらしい。

「では行くか。向かうはあの島だろう？」

「はい」

観念するように頷く私を、満足そうにアシュレン様が見おろす。

こうなった以上、主導権はアシュレン様にあるのでしょう。

でも、いったいいつから私を見ていたのかな。

窺うようにアイスブルーの瞳を覗き込むと、私の考えはお見通しとばかりに意地悪く唇が弧を描く。

「湖の水の味はどうだった」

「……アシュレン様も口にされたことはありますよね」

「子どもの頃にな。それはともかく、今日はなかなか刺激的なものを目にすることができた」

「それは今すぐ忘れてください」

太ももまで見られていたのかと思うと、顔がぼっと熱くなる。

でも、きっと遠目だったからはっきりとは見えていないはず。

そうよね。きっと、多分。

「覗き見のご趣味があるとは思いませんでした。記憶から抹消してください。今すぐ」

「不可抗力だ。というか、無防備すぎる。見ているこっちが冷や冷やしたぞ」

いや、そのタイミングで声をかけてください。

こっそり見ているなんて、やっぱり腹黒だ。

途中で一度ボートを漕いでみたけれど、予想以上に難しかった。

悔しいけれど、アシュレン様がいなかったら遭難していたかも。対岸が見える小さな湖で。

私がオールを握るとフラフラとどこかへ向かったり、もしくは同じ場所で回り続けたりするボートも、漕ぐのがアシュレン様だとスムーズに島へと進む。何が違うのでしょう。

あっという間に島に辿り着くと、湖岸に打ち上げるようにボートを停める。リュックは私が手にする前に奪われ、アシュレン様が背負ってくれた。

「それで、どこに向かうつもりだ？」

「もちろん古城へお姫様の救出に向かうのですよ？」

「それならキスは俺に任せてもらおうか」

「お姫様が納得するならば」

お姫様ねぇ、とアシュレン様は呟き私をじとりと見る。

「……少しは妬くとかないのか」

「何か仰いましたか？」

「いや、何も」

ぼそりと呟いた声は聞こえなかったけれど、大したことではないでしょう。

アシュレン様はため息を吐くと剣を鞘から抜き、草むらに向かって一振り。スパッと切れた草が、はらりと風で飛んでいく。どうやら古城に繋がる道を探しているようだけれど、腰まである草は切っても切ってもきりがない。

「剣をお持ちとは珍しいですね」

「遠乗りの予定だったから護身用にな。うーん、もしかしてこれが道か？」

土中に埋められた石レンガが草の間からちらりと見えた。薙ぎ切ってもまだふくらはぎほどまである草を踏みつけ、私が歩きやすいように道を作ってくれる。

「ありがとうございます」

「一つ聞くが、俺がいなければどうするつもりだったんだ?」

「一応小刀は持ってきました。でも、辿り着けなかった可能性のほうが高いですね」

草が生えているのは想定内だけれど、ちょっと見込みが甘かった。アシュレン様は先に立って草を剣で薙ぎ切り、踏み分けながら進んでくれる。私は申し訳なさから身を小さくして、そのあとに続いた。

「ありがとうございます」

「何、いいものを見せてもらった礼だ」

振り返ったアシュレン様の口角がニヤリと上がる。

いいもの? と首を傾げたところで視線が太ももに。

こいつっ!

「忘れてくださいとお願いしました」

「あいにく、記憶力がいいので」

「……忘却の薬を作ろうかしら」

恨みがましく睨むと、「ライラならできそうだ」とクツクツ笑う。本当、喰えない男だわ。

でも、助けられたのは事実。足場の悪いところはさりげなく手を貸してくれ、トラウザーを土と草の汁でドロドロにしながらも、草を踏みしめて道を作ってくれている。

なんだかんだ言って優しい。

だからこそ甘えすぎてはいけないと思ってしまう。

「もしかしてあれか？」

少し前を歩くアシュレン様が足を止め、木々の向こうを覗き込む。私も隣に立ち同じように見ると、汚れてくすんだ白いレンガの壁が見えた。

「きっとそうです。島のほぼ中心辺りでしょうか」

草や低木は庭だったであろう場所まで繁殖し、至る所に野ばらが群生している。

それらを掻き分け、少し薔薇の棘に苦戦しながら蔦の絡まった玄関扉まで辿り着いた。

薄汚れているけれど、扉の色も元は白だったみたい。いわば白亜の城ね。

「この古城は誰が建てたのですか？」

「昔この地を治めていた領主が、自分を裏切った愛する妻を幽閉していたらしい」

「それは、なんとも。曰くつきになるわけですね」

閉じ込められたお姫様は、幽閉された妻から話が変わって伝わったらしい。伝承が時と共に話の内容を変えるのはよくあること。

浮気した妻じゃ、子供に聞かせる寝物語に不都合だしね。

「裏切られた夫、もしくは幽閉された妻の呪いで湖の水が呪われたという話もあるが、文献を調べたところ、水が飲めないのは妻が幽閉される前かららしい」

となると、やっぱり気になる。どうしてここに城を建てたのか。

「今までこの島に行ったことはないのですよね？」

「ああ。湖の水が飲めない理由に気づいたのは数年前。母もそれは知っているが、それと古城は関係ない」

確かに古城と湖の水質に因果関係はない。だからこの島に行かなかったというのは分からないでもないのだけれど。

「気になりませんか？　わざわざ飲み水を船で運ばなければいけない場所に城を造ったことに」

「だからこそ幽閉にピッタリなのではないか？　逆らえば水を遣(や)らないと脅せばいい」

うーん、やっぱり腹黒。揺るがないわ。

「水は生命線です。使用人もいたはずなのに毎回大量の水を運ぶのは非効率的。反抗するなら食糧を断つと脅せば済むはずです」

「つまり……？」

私の考えを読もうと、アイスブルーの瞳が覗き込む。なんだかアシュレン様を出し抜いているようで、ちょっと気分がいい。私も性格が歪んできたのかも。

「この島に飲み水はあったのです」

「周りを取り囲むのはこの湖、さらに井戸水も飲めないのにか？」

「でもありました。どうやって飲み水を確保していたか気になりませんか？」

別にそれを知ったところで薬作りに役立つとは限らないし、そんなこと期待していない。

だって、今日は休日、何年振りかの旅行。ちょっといつもと違うことしたいじゃない。それが知的好奇心を満たすことならなおさら。

「なるほど。楽しい休日になりそうだ」

「でしょう？」

さて。どこから探検しよう？

ついでに眠り姫を見つけたら教えてあげるわ。

アシュレン様。


玄関扉はもちろん鍵がかかっていてピクリともしなかった。風雨で錆びたのか持ち手そのものが動かない。さて、どうしましょう。窓を割ってもいいかしら？

「とりあえず中に入るか」

アシュレン様はサラリとそう言うと、勢いよく足を上げ扉を蹴破った。錆びた蝶番は強度が弱まっていたのか、足の威力がすごいのか、一蹴りでそれは内側にパタリと倒れた。

「……言い出しっぺの私が言うのも何ですが、いいのですか？」

「言っただろう。ここはナトゥリ侯爵家の領地。この湖も古城も持ち主は兄だ。そして兄はここに来ない」

「バレることはない、ということですか」

「まあな」

ニヤリと笑うアシュレン様はいたずらっ子がそのまま大きくなった……というには少し邪気が多い気が。

アシュレン様は、エントランスの土ぼこりを足でさっと払いのけ、そこに私のリュックを降ろすと、中身を見せて欲しいと指さす。勝手に開けてくれてもいいのだけれど、そういうところはきちんとしている。

「持ってきているんだろ？」

「まあ、一応」

リュックの紐(ひも)を解いていると、何が入っているのか気になるのか、額がくっつく距離まで寄ってくる。近い。

でもそのことに戸惑っているのが私だけなのはなぜか悔しくて、敢えて平気なふりをした。

「えーと、確かこのあたりに。あっ、ありました」

折りたたみ式のランプを取り出し、平たくなっていた形を筒状に整えてから、中央部に蝋燭(ろうそく)

を置いてマッチで火をつける。

「一つしか持ってきていませんが」

「そうだろうな。俺が持つ」

再びリュックを背負い、ランプを手にしたアシュレン様に続いて私も古城の中に入っていく。埃の匂いが鼻をつき、城の中の荒れた様子から廃墟になって随分年月が経つのが分かる。

「水、といえば厨房か。とりあえずそこを目指そう」

「はい。大抵一階の裏口付近にありますよね」

建物の造りは昔と今でもそう変わらないと思う。特に厨房は、毎日のように食材を仕入れ、水を使うから、裏口付近にあることが多い。ま、これは裏庭に井戸を置く家が多いこともあるのだけれど。

一階にあるのは確実なので、とりあえず手前の部屋から順に開けてみる。錆びた蝶番が開けるたびにギギッと嫌な音を立てた。

「やっぱり表の庭に面した部分は客間やリビングのようですね。家具は昔のままですか？」

「領地を引き継いだ時、金になりそうなものは売ったと聞いているが、高価でも持ち運びが大変なものはそのままにしたらしい」

船で運び出さなきゃいけませんものね。そもそも、古城を建てるレンガといい、持ち込む労力が大変。そのあたりに浮気をされた夫の執念を感じる。

「買い取った時には、夫婦二人の肖像画がいたる所に飾られていたらしい」

「仲直りした、というわけではありませんよね」

それなら幽閉するはずがない。

「女性の笑顔は蝋人形のように引き攣っていたと聞いた」

怖い、怖い。まさか本当に蝋人形とか言わないでね。

呪いなんて信じていないけれど、幽霊の類は実は苦手。

それなのに、背後からアシュレン様が私の肩に手を置き、耳に顔を近づけ低い声で囁いてきた。

「その肖像画から、夜中に啜り泣きが……」

「わー！　わー！」

私は何も聞いていない。聞こえていない！

咄嗟に耳を塞ぎしゃがみ込むと、頭上から笑い声が降ってきた。

「ははは、ライラにも苦手なものがあったんだな」

「違います！　ちょっと、びっくりしただけです」

「驚きすぎだろう」

はは、とまだ笑い続けているアシュレン様を一睨み。

まさか弱みを知られてしまうとは。

それにしても笑いすぎじゃない？

悔しくってポンポンとスカートの埃を払って立ち上がり、貴族社会で叩き込まれたポーカーフェイスを顔に貼り付ける。いや、今更無意味だとは分かっているけど、ここは見栄を張りたいところ。

「もう平気です」

「そんな青い顔してよく言えるな。ほら、手を繋いでやるから次の部屋に行くぞ」

アシュレン様は問答無用とばかりに私の右手を掴むと、そのまま次の部屋へと歩き出す。振り解いてやろうかと思ったけれど、頼りないランプで足元がよく見えないことに今更ながら気づき、手を繋がれた理由に思い至った。こういうところが憎めない。

幾つ目かの扉を開けるとそこは厨房だった。

アシュレン様がランプを目線より少し上に掲げると、部屋全体が弱い灯りに浮かび上がる。鍋やフライパンが埃を被ったまま無造作に置かれていて、大きな戸棚にはお皿が並ぶ。

壁際にある洗い場らしき場所に向かい、その近くをぐるりと照らせば、角に大きな水瓶が置かれていた。私の胸ほどの高さがあるそれをランプで照らしてもらったけれど、やはり水は一滴も入っていない。使われなくなって随分経つから当然なのだけれど。

「ここに厨房で使う水を溜めていたのですね」

「裏庭に井戸があるか先に見るか？」

「見てもいいですが、別荘と同じで飲料水でない可能性が高いと思います」

そうだよなー、とアシュレン様。

その時、ヒュッと小さな音が聞こえたような。

えっ？　と耳をすませば、今度ははっきりと女性の啜り泣きのようなか細い声が聞こえてきた。

「アシュレン様！」

「なっ、なんだ？　どうした!?」

突然私にしがみつかれたアシュレン様は、少し仰反り（のけぞ）りながらも私の背に手を回す。

「今、聞こえませんでした？」

「何がだ？」

「ヒュッーていう、音。あれは女性の啜り泣きです！」

「いや、そんなはずは。だってあれは、俺の作り話で……」

再び聞こえてきた声にアシュレン様の言葉が途切れる。次いで、ランプの灯りがゆらゆらと揺れ始めた。

「幽閉された妻の幽霊です！」

「まさか、そんなはずない。落ち着け、きっと何か理由があるはず」

ぎゅっとアシュレン様の背中に手を回すが、それでも足の震えは止まらない。

やっぱりいるのよ、幽霊。お姫様はいなくても幽霊はいる。

足元からゾゾっと冷たい空気が吹き上げてきて、その度に啜り泣きが厨房に響き渡る。

スカートが風で膨らみ……

うん？　膨らむ？

私はアシュレン様から腕を離し、二人の間に半歩ほどの隙間を作る。

その下から風が吹き上げてきていた。

「どうした？　ライラ」

「アシュレン様、下から風が吹いています」

「そういえば啜り泣きも下から聞こえるな」

床は板張り。これはもしかしてとアシュレン様を見上げれば、同じことを考えているようで。

私達はさらに一歩ずつ下がってその場にしゃがむと、埃だらけの床板の上を手さぐりで探し始める。

「すみません、いきなり抱きついてしまいました」

「構わない。それより下から風が来るということは……」

床板の埃を撫でるように払っていくと、すぐに指先に冷たい金属の感触が。

「見つけました」

「地下室か。啜り泣きの原因は下から吹き上げる風のようだな」

そうですね！　だって幽霊なんていないですもの!!

見つけたのは、床板につけられた錆びた丸い金属の持ち手。この下に地下室があるのは間違いない。

私が持ち上げようとするのをアシュレン様が制し、代わりに持ち手を掴み引き上げてくれる。ギギギッと軋む音がして、その先に現れたのは真っ暗な空間。階段が下へと続いていた。

「俺が先に降りる。ライラは気をつけてあとから来てくれ」

「はい」

アシュレン様が先に立ち、ランプで周りを確認しながら慎重に階段を降りる。天井の高さは十分で、背の高いアシュレン様でも、身を屈めることなく歩けるほど。

十数段の階段を降りた先は石が雑多に敷き詰められた殺風景な空間。地下室だと思っていたけれど半地下のようで、上の方に明かり取りの窓が付いていた。

差し込む陽の光の下、チョロチョロと水が流れる音が聞こえる。

不思議なことに、地下室にあったのは二メートル四方ほどの生け簀のようなもの。その底は地面に埋まっている。

水があるせいか床は湿気と苔で滑りやすい。アシュレン様の手を貸りながらその生け簀に近づくと、そこには透明な水が入っていて、深さ二メートルほどの底には藻や水草がびっしりと生い茂っていた。

「生け簀でしょうか？」

「こんな所にか？」

「お風呂？」

「水は冷たいぞ」

水は下から湧き出ているようで。生け簀でもお風呂でもないとしたら。

「ちょっと通常と形状は違いますが、井戸でしょうか」

「そう考えるのが妥当だな。でも、どうしてこれだけの大きさが必要なのか」

通常の井戸は約一メーター四方で深さはもっと深い。

それに比べこれは浅くて広い。

いろいろ不思議なことはあるけれど、水自体は透明で一見奇麗に見える。

それならばすることは一つ。

「お、おい！　何をしている」

戸惑うことなく水を口に含んだ私に、アシュレン様がぎょっと目を見開く。私はそれを手で制して、湖の時と同じように水を舌の上で転がすようにして味を確かめると、ごくんと飲み込んだ。

「待て！　今飲み込んだよな。せめて吐き出すと思っていたのに大丈夫なのか？」

「刺激がなかったので問題ないかと。最悪お腹を壊すぐらいでしょう」

「いやいや、それは駄目だろう」

「痛み止めと経口補水薬は作っておきます」

お腹を下した時は無理に下痢止めを飲むより水分補給しながら出し切ったほうがいい。ここに来るまでの森で見つけた薬草で痛み止めは簡単にできるし、経口補水薬は厨房にあるもので作れる。

それなのに、そういう問題ではないと頭を振るアシュレン様。

でも、私だって無茶はしませんよ。

問題ない可能性が高いから飲み込んだのだ。

「それに湖の水とは明らかに味が違いました。アシュレン様もお気づきだと思いますが、湖の水は口当たりが重く苦みを感じました。おそらくこの辺りの地層には石灰岩が多く含まれているのでしょう」

「そうだろうな。石灰層を通ってろ過された水は俺達が普段飲む水と異なる。飲めないことはないが飲みすぎると腹を壊す」

悪いことばかりじゃないのだけれどね。かたまり肉なんかはそういった水で煮ると柔らかくなる。ウサギのお肉が美味しかったのはそのおかげかもしれない。摂取量さえ間違えなければ口にしても実害はない。ただ子供はお腹を壊しやすいから、侯爵様達はカリンちゃんに飲むなと強く言ったのでしょう。

アシュレン様もその辺りのことはもちろんご存知で、呆れながらも水を口に含み味を確かめ、ペッと吐き出した。

「確かに湖の水とは味が違うな。でもどうしてだ。湖から汲み上げられた別荘の井戸水も飲むのには不都合、これが湧き出た水なら井戸水と同じ成分のはず」

「そうなんですよね。どうして味が違うのでしょう」

理由があるとしたら何？

通常の井戸とは違う形状。

差し込む陽の光に揺れる水草とびっしりと張り付いた藻。

藻の色はよく見る緑色。

水草は私の瞳と似た赤銅色。

もしかして。

「アシュレン様、この藻か水草が湖の水を飲料水に変えているのではないでしょうか？」

湖の水が飲めない理由は、その中に飲料水として不適切な成分が入っているからだと考えられている。それを藻か水草が吸収もしくは分解しているのだとしたら。

「なるほど、可能性としてはあり得るな。それなら、この井戸の形も説明がつく」

明かり取りの窓は藻と水草に必要な陽の光を取り入れるため、井戸より浅くて広い形状はそれを育てるため。

地下に作られたのは、外だと森にいる動物が水中に入り藻と水草を荒らすかもしれないから。

「となると、元領主は湖の水を飲料水に変える方法を知っていたということか」

「民間の伝承の中には、単なる言い伝えや伝統で終わらせることができないものもあります。根拠は分からないけれど、経験から得た知識により風習としてされていたことが、調べてみると理に適ったものであることも珍しくありません」

雨が降る前は燕が低く飛ぶと昔から言うけれど、あれは空気中の湿気が増えて燕の餌である羽虫が下を飛ぶから。

この藻と水草についても、理由は分からないけれど、水瓶にこれらを生やしていると水を飲んでもお腹を壊さない、と伝えられてきたのかもしれない。おばあちゃんの知恵袋、的な感じね。

「昔はこの辺りに村があったらしいが、作物の実りが悪く領地を引き継いだ時には既に誰も住んでいなかった。今は、少し離れた場所にある集落がこの辺りの木を伐採したり、森の実りを採取して生計を立てている」

「では、その時にこの藻と水草の言い伝えも途絶えたのかもしれませんね」

私達は揃って水を覗き込む。

水面に映る顔はなんだか同じように見えた。どちらも子供のように、隠しきれない好奇心が溢れている。

「なんだか楽しそうですよ」

「ライラもだろう」

　ま、そうなんですけれど。

　私はリュックをゴソゴソ漁ると、瓶を六個取り出した。その数を見て、アシュレン様が呆れるように眉を下げる。

「やけに大きなリュックだと思っていたが、それが大半を占めていたのか」

「あとは水筒とお昼ご飯です。あっ、傷薬と虫除けも入っていますよ」

「予想より偏ったラインナップだった」

　そうですか？

　現地調査とか、したことがないからよく分からないんですよね。

「では、水だけ、藻だけ、水草だけをそれぞれ二本お願いします」

「分かった」

　アシュレン様は袖を捲ると底に生えている水草を引き抜き、くるくると丸めて強引に瓶に詰める。その間に私は水と緑色の藻を採取した。

　古城から出て再び船に乗り込んだ私はご機嫌だった。

「結局、お姫様には会えなかったですね」

「そうだな。でも姫が美人とは限らないし」

選ぶ側なんですね。ま、お綺麗な顔してますから。

「好みじゃなかったら、助けずに立ち去りそうですね」

「待て、お前の中でいったい俺はどれだけ非道なんだ」

眉間に皺を寄せ睨むその視線を、ニコリと笑って躱す。うーん、私も随分逞しくなったものだ。

「サンプルからどんな結果が出るか楽しみですね」

「そうだな、帰ったら母に報告するか。明日にでも自分も行くと言うだろうな。ついでにもう少し採取してきてもらおう」

「そうですね。もっと瓶を持ってくればよかったです」

もう一つ鞄(かばん)を用意すればよかったと今更ながら後悔する。

「気にするな。ここは王都から三時間、早馬ならその半分。いつでも来れる」

「アシュレン様達は現地調査によく行かれるのですか？」

「そうだな。冬は少ないが、春から秋にかけては出かけることもある。ジルギスタ国の研究員は現地に行かないのか？」

「はい。何度か頼んだことがあるのですが、代理の者を行かせるから、と言われてしまいました」

「行ってみたからこそ分かることもあるのに。ライラの代わりをできる者などそうそういないだろう」

私の代わりがいるかはさておき、今回みたいに行って初めて発見することもある。やっぱり現地に行く必要はあると思った。

「ライラの元婚約者をあまり悪く言いたくないが、研究者としては失格だな」

「そうですね。そこは否定しません」

支えなさい、と言われ私なりに頑張ってきたけれど、今ではその価値もない人だったと思っている。

「役に立とうと頑張っていたのですが、利用されただけでした」

情けないなぁ。

薄々カーター様の気持ちや考えには気づいていた。

でも、頑張ればいつか認めてくれると信じていた結果がこれだ。

動き出したボートが湖面を小さく波立たせる。パシャ、とオールが水面を打つ音を聞きながら、私はその波をぼんやりと眺めていた。

「……そいつのこと、まだ好きなのか？」

「えっ？」

思いもよらない質問に顔を上げれば、真剣な顔をしたアシュレン様がいた。いつもは冷たくさえ見えるアイスブルーの瞳に、ゆらりと熱が篭っている。

「……どうでしょうか」

今となっては好きだったのかさえ分からない。

恋焦がれたことも、嫉妬に狂ったこともない。

ただ、アイシャと比べられ惨めで悲しかった。

二人は今頃どうしているのだろう。

お父様達は私がいなくなって少しは寂しがっているのかな。

この国に来てから毎日が楽しくて、ジルギスタ国のことを思い出すことは殆どない。

薬草研究所がどうなっているか気にならないわけではないけれど、正直、私にはもう関係のないこと。冷たいかもしれないけれど、未練もないし、二度と関わり合いたくない。

「そうか」

アシュレン様は低い声でそれだけ言うと、もう何も聞いてこない。私も自分から話すつもりはないので、これでこの話は終わりにしよう。

なんだかせっかく楽しかった気持ちが萎(しぼ)んでしまったのが悔しくて、私は敢えて明るい声を出す。

「アシュレン様、お腹空きませんか？　サンドイッチと紅茶があります」

「でもそれはライラの分だろう？」

「少し多めに作ってもらいました。湖の上でピクニックなんて素敵じゃないですか」

潰れないよう鞄の一番上に置いていたサンドイッチを取り出す。布に包まれたそれを解いて一つ差し出すと、アシュレン様はオールをボートの縁にかけ受け取ってくれた。

「ありがとう」

「冷めていますが紅茶もあります。私と同じカップでいいですか？」

「……ライラが嫌じゃなければ」

躊躇（ためら）う気持ちはあるけれど嫌じゃない。私は水筒の蓋に紅茶を注ぐとそれもアシュレン様に手渡す。

青い空と湖面を吹き抜ける風が気持ちいい。それにリュックには予想以上の収穫。うん、やっぱり今日は嬉しい日だ。

「来てよかったです。楽しかった」

「それならいい。明日帰る予定だが、もう少し長居してもいいぞ」

「アシュレン様はどうされるのですか？」

「多分、母に古城を案内しろと言われる。俺はもう少しここに滞在するつもりだ」

室長とカリンちゃんは一週間滞在するけれど、私達は明日、帰る予定だった。もう少しここにいたい気もするけれど、さすがにそれは図々しいというもの。

「私が馬車を使って先に帰っても問題ありませんか？」

「俺は母の馬車で帰るから大丈夫だ」

「でしたら、予定通り明日帰ります」

「分かった。でも採取したサンプルを調べるのは休暇明けだ。ライラは休みなのにすぐ仕事をしようとするからな」

「はい、分かりました」

思いっきり釘を刺されてしまった。休みのうちに調べたかったのだけどね。

＊＊＊

夕食後、母上の目がリビングの机に並べた瓶に釘付けになった。

カリンは街での買い物がよっぽど楽しく疲れたのだろう。食事中から船を漕ぎデザートが出る前に寝てしまった。抱えてベッドまで運んだが、あの様子だと朝まで起きないだろう。

「どうしたの、これ？」

「ライラの収穫です」

「いえ、私だけではとてもではないですが採取できませんでした」

慌てて首を振るライラに、見つけた経緯を話すよう促すと、戸惑いながらも説明を始めた。

どうもライラは自分の研究結果を口にするのを躊躇うところがある。報告を人に任せるのは以前の習慣だろうか。

今もチラチラと、自分が話していいのかと、不安な視線をこちらに向けてくる。俺は琥珀色の酒をグラスに注ぎ、その視線に気づかないふりをした。

酒を割るのに使う水は敢えて湖の水にした。

なに、飲みすぎなければ特に問題ない。

それにライラの説明は簡潔で分かりやすく、俺がグラス一杯空ける間に終わったようだ。

母上が若い娘のように瞳を輝かせ瓶を手に取り始めると、ライラの興味は俺の前にあるグラスに移った。

「水によってお茶の味が変わりますが、お酒もそうですか？」

「ああ、試しに飲み比べてみるか？　普段の水のほうが甘さが引き立ち、口当たりがまろやかで飲みやすい。対して湖の水は味の深みが増し、酒の風味が強くなる」

言いながら新しいグラスに酒を注ぐ。

そこでふと思った。

「ライラ、酒はいける口か？」

「さあ、飲んだことがないから分かりません」

「そうか、では薄くしておこう。全部飲まなくていいからな」

普段の水と湖の水でそれぞれ割り、俺が飲んでいた酒の半分ぐらいの濃さで作った二種類をライラの前に置く。ライラはそれを手に取ると、天井からぶら下がるシャンデリアの灯りに酒を照らし物珍しそうに眺めたあと、ゆっくりと口に含んだ。

舌の上で味を楽しんだあと、喉が小さくコクリと音を立てた。違うほうのグラスも同じように口に運ぶ。

「本当ですね。味が違います！　どちらも美味しいです」

「そうか、気に入ったならよかった。だが飲みすぎるなよ」

「はい」

ライラは湖の水が入ったグラスを再び口に運ぶ。美味しそうに飲んでいるから、酒には強いのかもしれない。


そのあとは母上に捕まり、俺の口からも話を聞きたいと根掘り葉掘り問いただされた。質問が藻と水草以外に飛ぶことも多く、なぜライラと一緒に行くことになったかをしつこく聞かれた時にはうんざりした。

ふとライラを見ると、ソファではなく床の上にペタンと座り、体を前後させている。

うん？　もしかして……

「ライラ、大丈夫か？」

「ふぁい？　あっ、アシュレンしゃまだ」

とろりとした瞳に空のグラス。もしかして、と机を見ればもう一つのグラスも空になっていた。

「酔っぱらっているのか？」

「いいえ〜。だいじょーぶですよ」

コテンと小首を傾げる様は可愛いが、赤い頬をして口調が怪しい。

絶対大丈夫じゃない。

「ええと、気持ち悪くはなさそうだな」

「はい！　ふわふわして楽しいです」

そうか、楽しいか。これはダメだな。

「立てるか？　母上、俺はライラを部屋まで連れて行きます」

「あらあら、酔っ払ってしまったのね。アシュレン、どれだけ飲ませたの？」

「種類の違う水で薄めた酒を二杯。全部飲まなくていいと言ったのですが」

「飲んじゃったのね」

困ったわね、と眉を下げながらも面白がっているのは分かる。ま、それは俺も同じことだが。

ただ、幼女のように無防備に笑う姿を俺以外に見せたくないとも思う。

「いくぞ、肩を貸そうか？」

「はーい」

甘えた声を出しながら、俺の腕にしがみつく。

母上の生暖かい視線が背に突き刺さり、振り返らなくてもニマニマとした笑みが目に浮かぶ。

ライラの部屋は二階、別荘はそれほど広くないのですぐに辿り着けると思ったのだが。

「アシュレンさまぁ、そっちじゃありません」

二階の廊下に足を踏み出すと、そっちじゃないとさらに階段を上がろうとする。そうか、ライラは昨日屋根裏部屋で寝ていたんだ。

どっちでもいいか、と引っ張られるまま屋根裏部屋に向かい、背を屈め小さな扉を潜ってライラをマットレスまで運ぶ。うん、もし寝相悪く転がっても、こっちのほうが安全だな。

あとは布団を上からかけて俺の仕事は終わり。

ちょっと名残惜しいけれど、一応紳士なので。

そう思っていたら、ライラが少し上半身を起こして俺の首に手を回してきた。

「アシュレンさまもゴロンってしましょう。星がきれーですよ」

不安定な体勢で首を押さえられ、バランスを崩した俺はそのままマットレスに横たわった。すぐ目の前にトロリとした瞳で頬を赤くしたライラが笑っている。

これはまずい、と思うも、ライラは無邪気に三角屋根の傾斜につけられた窓を指さす。フフフっと何が面白いのか笑いながら、星座の話をし始めた。悪いが全く頭に入ってこない。

「昨日、このほしを見て、アシュレンさまといっしょにみたいなと、思ったのでしゅ」

その言葉に頬にかぁっと熱が集まる。

昨日の夜、星を見ながら俺を思い出してくれたのか。

思わず手を伸ばし頬に触れれば、冷たくて気持ちいいのか擦り寄ってくる。

コロコロ、ふわふわ笑いながら戯れるように甘えられ。

これはいったい何の試練なんだ。

酔ってなければ確実に誘われているんだろうが、無防備な笑顔にそれ以上踏み込んではと、なけなしの理性をかき集める。

ライラは婚約者と別れてまだ数ヶ月。

今日だって婚約者の話になると暗い顔をしていたし、心の傷はまだ癒えていないだろう。

「ライラ、お休み」

旋毛(つむじ)に唇を落とすぐらいは許されるはず。

甘い匂いの誘惑に何とか打ち勝ち、布団をかけると「おやすみならい」と舌たらずな言葉が返ってきた。


やれやれ、と階段を降りると一番下で母上が腕組みしながら俺を見上げている。

「どうしたのですか?」

「あと五分帰りが遅いなら、乗り込もうと思っていたところよ」

おいおい、俺の信用はどうしてそんなに失墜しているんだ?

「ちゃんと寝かせてきましたよ」

「指一本触れてないわよね」

うぐっと、言葉に詰まりそうになったのを「おやすみなさい」と誤魔化し、俺は二階の自室に逃げ込んだ。

6．ジルギスタ国2　カーター編

ライラが研究所を辞め四ヶ月。

カーターは夜会を立ち去るライラを見ながら、明日には頭を下げ謝ってくるだろうと思っていた。

どうせ意地を張っているだけだろうと。

地味で目立たず、勉強しか取り柄のない女が一人で異国で暮らせるはずがない。

たとえ婚約を解消され代わりに妹と婚約されたとしても、ここしか居場所がないのだと高を括（くく）っていた。

しかし、退職届は提出された。

それもアシュレンの手から第二王子へと。

自分の知らないところで話が終わっていることに、カーターの高いプライドは傷ついた。

しかし、既に決まった話。清々したという顔で「分かりました」と答えるしかない。

新しい補佐官も手配してくれるというのだから、特に困ることもないだろうと考えた。

しかも補佐官は男性。女のライラよりずっと使える奴だろう。

それならもっと仕事の時間を減らしアイシャと会う時間を作れると、自分に都合のよい青写真を思い描いてさえいた。

しかし、ことはそううまくは運ばない。

配属された補佐官に薬草の知識は殆どなかった。

それもそのはず、第二王子は「ライラの代わり」の補佐官を寄越したのだ。

確かに彼は、「仕事の要領が悪く足手まといで自己主張が強い」人間より仕事はできた。

書類を纏めろと言えば素直に従う。しかし、要領がいいはずなのにライラの数倍の時間がかかった。

この薬草を準備しろ、と言えば本を片手に用意する。しかし、ライラと異なり下準備まで万全とはいかない。

雑用はそつなくこなすがそれしかできない。

どうしてこんな使えない人間を寄越したのかとカーターは悪態をつき、補佐官に当たり散らした。

カーターの机の上には向こう側が見えないほどの書類が積まれている。

そのうちの幾つかはアイシャに渡した。渡した書類は数日机に放置されたのち綺麗になくなっていたので、アイシャが書類仕事をしたあと、然るべき部署に提出したと思っていた。

ちょっと考えれば、アイシャが書類を読んでいる姿を見たことがないことに気づくはずが、残念ながらカーターにその余裕はなかった。

それに毎朝、製薬課の人間が薬草の乾燥時間を聞きに来るのも煩わしい。

以前はライラが対応していたが、そもそも乾燥なんて適当に干しておけばいいと考えている。

ライラが作った薬草の乾燥時間を導く計算式は全く理解できず、そのままカーターの頭から消え去っていた。もはやそんなものが存在していたことすら忘れている。

兎に角ライラがしていた仕事なら、と製薬課への対応はアイシャに任せることにした。

機転が利き、可愛いアイシャなら、よりうまくやってくれるだろうという期待も込めて。

しかしだ。

「カーター様、薬草の乾燥時間ですが、本当にこれでいいのですか？」

こめかみに青筋を立てた製薬課の責任者が、アイシャが渡したメモをくしゃりと握りしめながら、カーターに詰め寄ってきた。

「もちろん。それで間違いない」

アイシャに任せたのだから問題ない、そもそも乾燥時間なんて大したことない、と考えるカーターは、突きつけられたしわくちゃのメモを見ようともしない。

その対応にますます眉を吊り上げた責任者は、数枚のメモを机に並べた。

「これはこの一週間分のメモです。ご覧になって違和感はございませんか？」

見ろ、と言われカーターは億劫（おっくう）そうにそのメモに視線を落とす。

当然計算式など書いていない。ただ乾燥する時間を書いているだけで何の変哲もない。

だからこそ、見ろ、と言われても意味が分からない。

「これがどうしたのだ？」

「……確認しますが、乾燥時間を考えたのはカーター様ですよね」

思わずアイシャだと言いかけて、カーターは口を結ぶ。

そして、悠然と責任者を見上げた。

「もちろんそうだ」

「では説明してください」

そこまで言われてもカーターは何を説明すればいいか分からない。

なにせメモには何時間何分、としか書いていないのだから。

黙ったままのカーターにしびれを切らしたのか、責任者の語気が一層強まった。

「一週間でこれほど乾燥時間に違いがある理由を教えてください。ちなみにこの一週間、気温は大きく変わりませんし雨も降っていません」

そう言われ、やっと質問の意図に気づいたカーターは改めてメモを見た。

確かに時間はまるでバラバラ。一番長いもので十時間、短くて三時間。同じ薬草にも関わらず、その差七時間。

これにはさすがのカーターもおかしいと思った。

適当に乾燥させればいいと思っていたものの、七時間は差がありすぎだろうと。

「ライラ様がいらした時はこのようなことはありませんでした。これはどういうことでしょうか？」

ライラはどうやって乾燥時間を出していたのか、考えてそこでやっと計算式の存在を思い出した。

もちろん式なんて覚えていない。でもそれをもとに乾燥時間を出していたような、気がする。

「そ、れは、だな……以前も乾燥時間は計算式によって出していたのだが、その式を新しいものに変えたのだ。より精密なものに」

「計算式の存在については初めて聞きましたが」

「そうか？　だがそういうことだ。だからこれで間違っていない」

しわくちゃのメモをぐちゃりと纏めると、カーターは近くのごみ箱にそれを投げ入れた。

責任者はまだ何か言いたげだったが、渋々ながら帰っていった。

ジルギスタ国においてカーターの実績は折り紙付き。ゆえに反論できなかったのだ。

バタリと扉が閉まり、足音が遠ざかっていくのを確認してからカーターはアイシャのもとに駆け寄った。

「アイシャ！　薬草の乾燥時間はどう計算しているんだ!?」

その荒い声にアイシャは眉を顰めながらも、ライラの机を指さす。

「おねえさまの机に残っていたメモを見て数字を書き写し、そのまま渡していましたよ？」

「書き写す？　計算しなかったのか？」

「計算？」

こてり、と首を傾げアイシャは戸惑うような笑みを浮かべた。

自分が不安そうに笑えば、それ以上追及されることも怒られることもないことを、アイシャはよく知っている。少し目を潤ませれば完璧だ。

しかし今回ばかりはカーターは頭を抱えた。何のメモかも分からないのに、そこに書かれていた数字を適当に書き写して渡すなど、いったいこの女の頭の中はどうなっているのだろう、と初めて思った。


そうこうするうちに再び扉を叩く音が。

補佐官が対応すると、扉の向こうから荒々しい怒声が聞こえてきた。

アイシャはその声を聞くなり、逃げるように隣の部屋に姿を消す。

半分だけ開けられた扉を、体格のいい男が強引に開け薬草研究所に入ってきた。乱入と言ったほうがいいかもしれない。

「これは騎士団からの苦情文だ」

男は机にそれを叩きつけた。その勢いは、机が真っ二つに割れるかと思うほど。

「苦情文とは……」

「最近の薬は明らかにおかしい。発疹が出た、痒みが酷い、服用したら下痢をした、吐き気が止まらないなど兎に角酷い」

「それは製薬課の責任だろう」

「無論そっちにも今行ってきた。しかし、奴らは薬の質が落ちているのは薬草研究所のせいだと言ったのだ」

とんだとばっちりだとカーターは口を歪ませた。

しかし、巨体の騎士に文句を言える度胸はない。

騎士は、「俺達は身体が資本なんだ、次はないと思え」と吐き捨て、壊れるのではと思う勢いで扉を閉めると、そのまま立ち去っていった。

7．雨と洞窟

春風が花の香りを運ぶ。

カニスタ国が母国より南にあるせいか、春とはいえ汗ばむほどの陽気の日もある。

私は相も変わらずナトゥリ侯爵家の別邸に住んでいる。

少し前にいい物件を見つけたので引っ越そうかと思ったのに、カリンちゃんに引き止められてしまった。「それなら私もライラと一緒に家を出る」と泣くカリンちゃんを宥めているうちに、目星をつけていた物件は入居者が決まって引っ越しの話は流れてしまい。

そんなわけで、今日も私はアシュレン様と一緒の馬車で研究室に向かっている。

窓を開けると風が頬を撫で、私の茶色い髪をふわりと靡かせる。

私が気に入った物件は、ナトゥリ侯爵邸からお城に行く道沿いにあった。

大通り沿いで比較的治安のいい場所にある三階建ての建物の一室。

まだ諦めきれず通るたびに眺めているのだけれど。

「アシュレン様、あの物件、入居者が決まったという割に、人が住んでいる気配がないのですが」

窓は固く閉じられ、開けられているのを見たことがない。この陽気なのに、と不思議に思う。

「……そうか？　まだ寝ているだけだろう」

「窓にカーテンもかかっていません」

「うーん、そうだな。……例えば密会用に借りたとか」

なるほど。そういうことですか。

でもそれなら裏通りのほうが適していると思うのだけれど。それに使用上、カーテンは必須かと。

不思議だなと思いながら見ていた視線をアシュレン様に向けると、なぜか少し目が泳いでいた。


研究室の扉を開けると、窓辺で水槽の手入れをしていたティックが振り返る。

「おはようございます。アシュレン様、ライラさん。今日も仲良く一緒に出勤ですね」

「……おはようティック」

ちらりとアシュレン様を見ても、気にする素振りがまるでなく。

それが周知の事実であるかのように悠然と椅子に座り足を組む。

この腹黒男、もはや誤解を解く気は皆無。

……早く新しい部屋を見つけなきゃ。

窓辺に置かれた水槽の中にはびっしりと藻が生えている。あの古城の地下から持ち帰ったものだ。

調べたところ、お腹を壊す石灰の成分を分解していたのは藻だった。しかも、水を張った水槽に石灰と一緒に入れて窓辺に置いておけば、面白いほど繁殖してくれる。

今のところ用途はないけれど、とりあえず水槽四つ分になるまで養殖することに。石灰以外も分解するか調べたいし、ついでに繁殖力も調べられる。養殖担当はティックに任命。挙手制ではない、ティック以外の全員一致による任命だ。

その水槽が日の光を反射させる先で、フローラさんが難しい顔で書類と睨めっこしている。

「おはようフローラさん、難しい顔してどうしたの？」

口をへの字にするフローラさんの手元を後ろから覗き込むと、見ていたのは私がジルギスタ国で最後に作った農薬に関する資料だった。

「気になることがあるの？」

「あっ、いいえ。そういうわけではないんだけれど」

モゴモゴと言いにくそうにしている。もしかして、と思うところが私にもあり。

「その資料だけでは不十分だったかしら？」

「ううん、そうじゃないの。……ただ、ライラの研究に難癖つけるつもりはないけれど、これはもっと検証が必要なんじゃないかと思っただけで」

眉を下げ遠慮がちに言葉を選ぶフローラさん。

私はといえば、さすが、と大きく頷く。

「実は私もその研究には少し不満があるの」

「えっ、ライラも？　でもこれはジルギスタ国で褒賞された農薬よね」

「そうなんだけれど……」

うーん、と顎に手を当て言葉に詰まる私を、フローラさんだけでなく研究室の皆が見る。

「ライラ、どういうことなんだ？」

アシュレン様に促され、ちょっと戸惑いながらも私は本当のことを話すことに。

実を言うと、誰かに聞いて欲しかった気持ちもある。

「実は研究の結果を早く求められていて、検証が不十分なのです。本当なら現地に行って自分で水や土も調べたかったのですが、それもできずで」

だから、この農薬については自分の中でもいまいち納得できていない。湿気による菌の増殖を抑える、という効果には問題ないのだけれど、そもそも小麦の大量枯れの原因が湿気でいいのかが、どうもしっくりこない。

アシュレン様にその辺りの事情を説明すると、難しい顔でうーん、と腕組みをされた。

その後ろから室長が現れ、フローラさんの手から資料を受け取る。

「ライラはどうしたいの？」

「実は小麦の大量枯れが起きない場所があるので、是非そこに行ってみたいです。もしかしたら大量枯れの本当の原因が分かるかもしれません」

「そう。でも、そこはジルギスタ国の領土よね。私が許可を出すわけにはいかないわ」

「それでしたら、これをご覧ください！」

私は机から地図を取り出す。春休み中に街中をうろうろして見つけたこの国の地図だ。

「小麦の大量枯れが起きない村はこの場所。ジルギスタ国とカニスタ国にまたがる山脈の頂上付近です」

私は地図上の一点を指さす。山脈の北側、つまりジルギスタ国側にある小さな村だ。

「この山脈の南側、つまりカニスタ国側にも同じ高度の場所に村があります。リーベル村という小さな村で主に果物を作って生計を立てていますが、一部小麦も作っているようなのです」

「確かに地図を見る限り、僅かだが小麦が作れそうな平地があるな」

アシュレン様が地図を覗き込む。さっと視線を走らせ王都からの距離も測っているのはさすがだ。

「そうなんです。ただ、自分達が食べる分しか作っていないので大量枯れがあったかは分からないのです」

収穫した小麦を毎年税として納めていたなら資料が残っているけれど、自給自足をしていただけならば収穫量はどこにも記されていない。

「行ってみたいけれど、無駄足に終わる可能性も高いということね」

室長がふむふむ、と地図を見る。

そうなんです。

アシュレン様から現地調査に行くこともあると聞いて調べてみたのだけれど、行っても何も収穫がない可能性が高くて言い出せなかった。

「いいんじゃない？　行ってみれば」

「いいのですか⁉」

あっさりと述べられた室長の言葉に、思わず聞き返してしまう。だって、王都からだと山の麓まで馬車で四日。そこから丸一日かけて山を登るので、計五日はかかってしまう。

「ええ、小麦の大量枯れは我が国でも問題になっているの。疑問点があれば徹底的に調べるべきよ。でも、この道のりをライラ一人では行かせられないわね」

「それなら俺が同行します」

アシュレン様が当然、と言うように名乗り出てくれる。確かに女一人で行くには無理があるし、アシュレン様なら安心できる。

「ライラも異存は無さそうね。でも、もう一人護衛も必要よ」

「俺が護衛も兼ねます」

「あなたの剣の腕は母としても自慢だけれど、やはり騎士を一人つけるべきだと思うわ。山脈に行くまでに峠が幾つかあるから、盗賊の類に出くわす可能性も考えなきゃ。それに」

「それに？」

私とアシュレン様が声を揃えて聞くと、室長はやれやれと肩を竦める。

「結婚前のライラを男性と二人で行かせるわけにはいかない。たとえ相手が貴方でもね」

「う……それは。分かりました。では護衛騎士を一人つけてください」

室長はにんまり笑うと、「騎士団長に相談してくるわ」と研究室を出て行った。

ティックがアシュレン様の肩に手をかけ、まるで慰めるようにぽんぽんと叩く。

「でかい釘を刺されましたね」

ティックが囁いた言葉は聞こえなかったけれど、アシュレン様の悔しそうな舌打ちだけははっきりと聞こえた。


現地調査に行ける、というだけで私は浮足立っている。ジルギスタ国ではどれだけ願ってもできなかったことが、こんなにあっさり許可されるなんて。しかも、行っても無駄足に終わる可能性が高いのに。

あまりに楽しみすぎて、出発の一週間以上前から荷造りをし始めたことをフローラさんに話すと、「えっ」と驚かれたあと、眉を顰めて腕を組み、荷物を確認すると言われてしまった。

次の休みの日、わざわざナトゥリ侯爵家の別邸に来てくれたフローラさんは、私がリュックに詰めた荷物を全部床に広げると、大きなため息を吐いた。そして自分が持ってきた大きな鞄をごそごそすると、中からなにやら取り出す。

「ライラ、これとこれも持って行って。それから、これは要らないわ」

雨合羽と帽子を追加され、傘をポイと隅によけられた。

それから、と無造作に広げ置かれたワンピースを手に呆れ顔。

「こんな服で山登りはできないわ。盗賊も出るかもしれない峠を行くなら、見た目は男性っぽくしたほうが安全よ」

「そんなこと思い付きもしなかったわ。でも、どうしましょう、私男性の服なんて持っていない」

「王都に女性用のトラウザーを扱っているお店があるの。女性騎士服や女性用の作業着も扱っているからそこに行けばあるわ」

いつ頃からかフローラさんとは親しい口調で話すように。頼れるお姉さんはいつも私を気にかけてくれる。

場所を聞けば、行ったことのある大通りから少し路地に入ったところだった。そんなところにあったのね。

地図を買いに行ったり図書館に行ったり。

私の行動範囲は確実に広がっている。

仕事場と家の往復しかしていなかったジルギスタ国の王都より、今ではカニスタ国のほうが詳しいほど。

「うーん、でもライラは現地調査に行ったことがないから何が必要か分からないでしょうし。そうだ、よかったら今から一緒に買いに行かない？」

「いいの？　迷惑じゃない？」

「私も鞄を新調したかったからちょうどいいわ」

フローラさんが一緒なら心強い。

では、ということで私達は街へ繰り出すことに。

カニスタ国の王都は小さな街。馬車で行くこともできるけれど、天気もいいので歩くことにした。

ナトゥリ侯爵邸を出て大通りを歩き、細い道を幾度か曲がった先に目当てのお店はあった。

渋い茶色の屋根に青く塗られた壁。可愛さは、ない。それがなんだか気に入った。

カランとドアベルが少しくぐもった音を鳴らすと、奥から恰幅（かっぷく）のいい四十代くらいの女性が出てきた。この店の店主らしい。

「いらっしゃい、フローラ。今日は何を探しているの？」

「久しぶり、セーリ。こちら新しく研究室に入ったライラ。初めて現地調査に行くから一通り必要なものを見繕って欲しいの」

「それじゃ、彼女が噂の？　話は主人から聞いているわ」

噂、とは。怪訝な顔をする私にフローラさんは、セーリのご主人が騎士団に勤めていると教えてくれた。

私を見て、ふふ、と含み笑いをするセーリを見れば、どんな噂か容易に想像できてしまう。

「とりあえず採寸をするからこちらに。あらあら、小柄なお嬢さんね。フローラ、彼女では沢山の荷物は背負えなさそうだから最低限のものを用意しましょうか」

「いいえ、必要なものは全て用意して。多分重いものはアシュレン様が持ってくれるはずだから」

「そうね、じゃ一式揃えるわ」

ポンと肩を叩かれ、私は苦笑いを浮かべるしかない。否定してもいいけれど、居候している間は虫除けになるって約束したし。

セーリは壁の棚から数枚の服を取り出し、次々と机に並べていく。

「サイズの合う服を見繕ったからここから選んでくれる？　私は他に必要なものを取ってくるから」

そう言うと、いそいそと店の奥に消えていった。

「フローラさん、何枚ぐらい必要かしら？」

「そうね。一枚は着て、着替えは二枚ってとこかしら。宿に泊まれば洗濯もできるし、この季節ならすぐに乾くわ。それから、朝・夕はまだ冷える時もあるから長袖の上着も必要ね」

はいはい、と手渡してくれる洋服は、普段着では着ないカーキやベージュ色。男装も兼ねるのでピンクやオレンジは却下だ。トラウザーは草むらを歩くことを考えて、くるぶしまでしっかり隠れる丈のものを選ぶ。

「可愛げのない色だけれど我慢してね。でもね、ここの服は袖とか襟にちょっと刺繍がしてあるの」

「あ、本当ね。蔦に花、こちらは鳥かしら」

赤や黄色、鮮やかな緑で施された刺繍がこの店の特徴らしい。ちょっとしたワンポイントが女性受けするとか。あと、どれも皺になりにくく乾きやすい素材でできていると教えてくれた。

「フローラ、一通り持ってきたよ」

セーリが両手いっぱいのあれやこれやを向かいの机にどかりと置く。

「雨合羽と帽子、ロープにマッチ、それから鍋があれば料理ができるし、こっちは皿とスプーンとフォーク。短剣も念のため。野宿はするのかい？」

「雨合羽と帽子はいいわ。それから野宿はアシュレン様がさせないと思う」

「そうかい、でも毛布一枚ぐらいは持っておいき。夜は冷えるからね、これは薄いけど暖かいよ」

フローラさんとセーリがこれもこれもと選んでくれるのを、私はちょっと離れた場所から呆然と見ていた。

あれだけの量が入ったリュック、背負えるかな？

思わず自分の腕を触ってしまう。

「とりあえずこんなところかしら。セーリ、これが入るリュックをお願い」

「それならこれはどう？　ちょっと小さいかもしれないけれどライラさんにはこれが限界でしょうし、入らない分はアシュレン様が持ってくださるんでしょう？」

私はぎこちない動作でコクリと頷く。

アシュレン様の許可は取っていないけれど、全部は持てそうにない。

「鍛えなきゃ」

今からでは遅いかもしれないけれど、しないよりはマシでしょう。ぐっと決意を固める私を、フローラさんが優しく目を細めて見ていた。

出発の日は晴れだった。

抜けるような真っ青な空の下、少し汗ばむほどの陽気。

毛布と鍋とランプはアシュレン様が持ってくれたけど、それでも私の身体の三分の一ほどあるリュックはパンパンだ。髪は帽子を被りやすいように耳の下で二つに結ぶ。水筒は首から下げるものの他に、布製の嵩張（かさば）らないものを念のためリュックに入れてある。よしっ、準備万端。

護衛騎士はマーク様で、彼は私やアシュレン様以上の荷物を軽々と背負っていた。

「マーク様、よろしくお願いします」

「こちらこそ。俺のことは空気だと思って気にしなくていいから」

爽やかな笑顔に意味深な言葉。でもこの人は私が単なる居候と知っているはずなのだけれど。

「余計なこと言ってないで行くぞ」

アシュレン様が否定も肯定もせず、顎で馬車を指す。馬車は普段の侯爵家のものではなく、家紋の代わりに年季が入っている。要は、ちょっとボロい。でも、このほうが盗賊に目をつけられないらしい。

すっかり見慣れた王都の景色が窓の外を流れていくのを眺めるうちに、馬車は砂利道に入り揺れが大きくなっていった。でも、座面は柔らかく衝撃は少ない。見た目はボロだけれど、乗り心地は侯爵家の馬車と変わらないよう作らせたとのこと。盗賊除けに手の込んだ馬車を作ってしまうのがお金持ち、らしい。

私の隣にアシュレン様、向かいにマーク様が座る。

二人は手元に剣を置きながらもリラックスして長い足を組み、時々雑談を交わす。

その会話に私も時折加わりながら、旅の移動時間は予想以上に楽しいものになった。

拍子抜けするぐらい順調に、私達の旅は進んだのだ。ここまでは。


四日目。

件の山の麓まで辿り着き宿をとった私達は、夕食後アシュレン様の部屋に集まり、明日登る山道について確認をすることに。

三階にあるアシュレン様の部屋からは、月明かりの下、明日登る山が朧げに見えた。

昨日までの雨のせいで、その山頂は雲に隠れてはっきりと見えず、それがさらに山の大きさを表すようで、辿り着けるのかと不安がこみ上げてくる。

「向かうはリーベル村。一番短いルートはこれだけれど、ちょっと足場がよくないんだよな」

部屋の端にある古びたテーブルに地図を広げ、マーク様は渋い顔で腕を組む。テーブルの上には琥珀色のお酒が入ったグラスが二つと、ティーカップが一つ。

馬車の時と同様に私の隣に座るアシュレン様も、眉間に皺を寄せ地図を睨む。山の地図には線が幾つも書かれていて、その線の間隔が狭いほど傾斜が急らしい。

「他のルートは？」

「傾斜、距離ともに最適と思っていたルートは土砂崩れで埋まっているらしい。あとはこっちだが、これだと野宿確定」

マーク様の指がぐるりと地図の上で弧を描く。大分迂回しながら登る道のよう。

「野宿は避けたいな。ライラ、最短ルートで行きたいが大丈夫か？」

大丈夫、と聞かれたところで、はい、と答えられるだけの根拠が私にはない。山に登ったことなんてないから、自分の限界を知らないのだ。そのことを素直にアシュレン様に伝えると、

「だよなー」と難しい顔で頭をもたげる。

「ま、俺がライラの荷物も背負って、アシュレンが手を引けば何とかなるんじゃないか。別に役目は反対でもいいし」

「……護衛のお前の手が塞がるのは避けたほうがいいだろ」

「俺に負けない腕を持っているのに？」

ニヤリとマーク様が笑うのをアシュレン様はひと睨みしたあと、私に視線を向ける。

「どうする？」

「最短ルートで頑張ります」

「分かった。ではそうしよう」

よし、とアシュレン様とマーク様は頷き合うと、どこで休憩を取るかとか、ここは要注意だな、と地図を見ながら確認し始めた。私も、できる限りルートを頭に入れていく。

「では、明日はその段取りで」

アシュレン様がグラスを掲げ、マーク様がそこにカチリと自分のグラスを合わせた。

＊＊＊

打ち合わせも終わり「お休みなさい」と部屋を出るライラに続き、俺もアシュレンの部屋を出た。

二つ向こうの部屋のドアノブに手をかけながら、俺にもお休みと声をかけようとするライラに、少し下で話をしないかと持ちかける。すると、戸惑いながらも頷いてくれた。

別に下心なんてない。あのアシュレンにあそこまで甘い表情をさせながら、全くそのことに気づいていないライラを歯痒(はがゆ)く思っただけ。

アシュレンは俺の親友。女嫌いが恋をしたとなれば、そこは援護すべきところ。あいつの初恋の行方を楽しんでいるわけではない。ニヤつく口元を隠すのに苦労はしているが。

一階の奥には小さなテーブルが並び、宿泊の受付をしたカウンターには、その時にはなかったお酒が並んでいる。なんてことないロビーが、夜には宿泊客用のちょっとした酒場に早変わりだ。

俺は果実水を二つ持って近くのテーブルに向かう。酒を飲むためだけの小さなテーブルの前には背の高い椅子。身長の低いライラは少し苦労しながらそこに座った。こんな場所は初めてのようで、興味津々と周りを見回している。

オレンジの果実水は酒を入れる細長いグラスに入っており、揺らすと氷がカラリと涼しげな音を立てた。地下に氷室があるのがこの宿の売りらしい。

「それで、どうしたのですか？」

アシュレンには見せない、少し警戒した顔。俺はわざとらしく肩を窄(すぼ)める。

「そんなに身構えないで。あの女嫌いのアシュレンが手元に置いているご令嬢がどんな人かと興味があっただけだから」

ライラは丸い目をさらに丸くしたかと思うと、今度は眉間に力を入れる。

「ご存じかと思いますが、私はアシュレン様の恋人ではありませんよ」

「知っている。だが噂は中々消えないな」

「そうなんです。とはいえ、時々冷たい視線が飛んでくるぐらいで実害はありませんが」

フローラあたりがうまく庇(かば)っているのか？

いや違うな。ライラの横を歩くアシュレンの顔を見れば、皆諦めるしかないと悟ったのだろう。

ライラはといえば、根っからの研究者なのか恋愛沙汰には興味がないらしく、迷惑そうにしながらも仕方ないと気にするそぶりはない。

そこでふと思った。確かライラには婚約者がいたはずだと。そいつとはどうだったんだろう。

「そういえば、ライラには婚約者がいたんだよな。あっ、話したくなければ言わなくていいよ」

「いえ、特に話したくない、ということはないのですが」

手元の果実水に視線を落とし、それを一口飲んで言葉を続ける。

「話すことがない、というのが正しいのかもしれません。思い出しても婚約者らしいことをしてもらったことがなくて。私、カーター様の好きな食べ物や色も知らないんですよね」

そう言ったあと、向こうも同じだからおあいこだと、少し寂しそうに笑った。

その顔に、憂いはあっても未練はない。ただ悲しかった、それだけのようだ。

「ではアシュレンのことはどれぐらい知っている？」

「アシュレン様ですか？」

戸惑いながら首を傾げるも、すぐに顔を上げた。

「綺麗な顔して結構腹黒じゃないですか？　常に奥の手を持っていそうというか。でも、優しいです。いつも私を気遣ってくれているのが傍にいて分かります」

何かを思い出したようにコロコロ笑うその顔は、とても幸せそうに見える。なるほど、鈍感なのは他人に対してだけでなく自分に対してもか。

「それをアシュレンに伝えたことは？」

「まさか」

そうだよな。聞いていたらもっと強引にいくだろう。

「なるほど、よく分かった」

「何がですか？」

「いや、別に。これを飲んだら戻ろう。アシュレンに見つかったら半殺しにされる」

「フフ、まさかそんなことありませんよ」

屈託なく笑う顔は初めて見た時よりもふっくらとして肌艶もよい。

うん、これは半殺しではすまないな。実にまずい。

「いい話が聞けた」

ありがとうと、グラスを上げたその向こう。グラス越しの歪んだ視界の先、首を傾げるライラの後ろに冷たい殺気を放つアシュレンが見えた。やばっ！

＊＊＊

パチリ、と目を開け見えた天井に、一瞬ここはどこかと思った。

そうか、昨晩はアシュレン様とマーク様を一階の酒場に残し、部屋に戻ったあと熟睡したのだと思い出す。

少し開けていた窓から、湿り気を帯びた風が入ってきた。

見える山は、今日も頂上が霞んでいる。

ギシリと軋むベッドから身体を起こし伸びを一つ。

決して立派とは言えない部屋だけれど、掃除は行き届いていた。

私は、椅子の上に干しておいた洗濯物を手に取る。宿に着いてすぐに裏の井戸で洗ったもので、すっかり乾いていた。乾きやすい素材って便利。

昨日のうちにリュックから取り出し、ハンガーにかけておいたベージュのシャツは、一晩で目立つ皺が消えていた。こちらも便利な素材ね。

カーキのトラウザーを穿き、髪は三つ編みにして帽子を目深に被る。

それから寝着をリュックに入れて準備は完璧だ。

階段を降り一階に行くと、アシュレン様とマーク様は入り口の近くのベンチで既に待っていた。

あれから何を話したのか知らないけれど、アシュレン様と私を交互に見るマーク様の目が生ぬるい。

「二日前の大雨でぬかるんでいる所もあるらしい。気をつけよう」

そう言うとアシュレン様は私のために扉を開けてくれた。

普段からそういうところはきちんと紳士的で、別に珍しくもないはずなのに、なぜか、アシュレン様から漂う空気が昨日までと変わっている気がした。

山道は初めこそ平坦(へいたん)だったにも関わらず、三十分も歩けば途端に傾斜が急になった。

それでもまだまだ序盤。これぐらい平気だと歩を進めていたのだけれど。

「はぁ、はぁ、……」

「ライラ、大丈夫か？」

「ええ、もちろん」

山の中腹辺りに差しかかると、そこはごつごつとした岩場だった。

時にはよじ登るようにして進まなくてはいけなくて、私の体力は限界に。

アシュレン様が差し出してくれた手を握り、何とか岩を乗り越える。その先では、私の荷物を持つマーク様がひょいひょいと岩から岩へと飛び移っていた。

「あと少し歩いたら開けた場所に出るはず。アシュレン、俺は先に行って様子を見てくる」

「あぁ、頼む」

マーク様の背には、羽が生えているのではないでしょうか。

どうしてあんな身軽に岩場を乗り越えられるの。

足の長さの違いも多少あるだろうし、岩をよじ登る腕力には大きな差があると思う。でも、自分ではもう少しできると思っていたのだ。それなのに。

よいしょとかけ声をかけても持ち上がらない身体を、アシュレン様が引き上げてくれる。

「申し訳ございません」

「気にするな。体力差は仕方ない」

ほれ、と出された手に摑まり、引っ張られ、支えられ。私は何とか岩場を脱出した。

すると、突然ポカンと開けた場所に出た。

緑の平地がなだらかに続き、大木の下には木陰がある。

もちろん見渡す限り、なんて広さではないけれど、ずっと傾斜ばかり見てきたせいかほっとする。

大木の下で手を振るマーク様の元に向かい、木陰にペタリと座り込んだ。すると、マーク様が布製の水筒を私に手渡してくれる。

「少し向こうに水場があった。飲み水は確保しておいたよ」

「ありがとうございます」

布水筒は二重になっていて、内側に水を通さない生地を縫い付けてある。飲み終わったあとはくるくる丸めて収納できる優れもの。

受け取った布水筒は冷たくて、私はそれをペタペタと頬や瞼に当てた。

「おい、マーク。俺のは」

「はいはい、ちゃんとあるよ。全くこれくらいで目くじら立てるな」

マーク様は、ほいっと布水筒を投げると、やれやれといった感じで息を吐く。

お昼休憩は私のためにたっぷりと取ってくれた。

水を飲み、冷たい布で首や足首を冷やす。

それだけで随分体力は回復した。

「申し訳ありません、私、足手纏いですよね」

「いや、思ったより頑張っている。初めての山登り、これぐらい想定内だ」

「でもアシュレン様とマーク様だけならもう目的地に着いているはずです」

「着いたところでライラがいなくては意味がない。だからこれでいいんだよ」

アイスブルーの瞳が柔らかく細められる。

冷たくさえ見える色に安心するようになったのはいつからだろうか。

「おーい、二人とも。空模様が少し危うくなってきた。そろそろ出発したい」

少し離れた所で休んでいたマーク様が空を指さす。つられるように見上げれば、遠くから黒い雲が近づいてきていた。

山の天気は変わりやすい、今更ながらそんな言葉が頭をよぎった。


空気に湿った土の匂いが混ざり始めると、間もなくポツポツと雨が降ってきた。

リュックから雨合羽を取り出し頭からすっぽり被ると同時に、マーク様の手が私の荷物に伸びる。

「ライラ、悪いが歩く速さを早める。荷物は俺が持つから頑張ってくれ」

「はい、すみません」

「いや、俺が時間配分を間違えた。気にするな」

マーク様が軽々と私のリュックを左肩にかける。利き腕を空けておくのが騎士のやり方らしい。

「また岩場が続く。ライラ、手を」

アシュレン様の手を握り、私達は早足で歩き始めた。それでも雲のほうが動きが早く、まるで触手のようにこちらへと伸びてくる。

辺りが暗くなったと思うと、雨粒が大きくなり、あっという間に勢いを増す。しかし、周りは岩場。身を寄せる大木もなく吹きっさらしの中を歩くしかない。

風が強くなり、もはやアシュレン様の手にしがみつくようにしながら前に進む。私が行きたいと言い出したばかりに、と思うけれど、それを口にしても二人は「気にするな」と言うだけ。

それならせめて足手纏いにならないよう。

遅れないようにと、食らいつくように岩場をよじ登った。

大きな岩場を抜けると、こぶし大の石が続く道に出た。これはこれで歩きにくいけれど、先程よりはマシかも。でも、足元しか見ていない私に対し、二人は周りの状況もしっかり把握していた。

「マーク、予定より時間がかかっているな」

「ああ、もうすぐ日が沈む。村まであと一時間か」

「何、ここを抜ければ傾斜もマシになる。風もやんできたし、ランプも使えそうだ」

ランプには普通より大きな雨除けの上蓋が付いている。横殴りの雨では中に灯した炎も消えてしまうけれど、多少の雨なら使えるらしい。こういう専門的な道具も売っているから、フローラさんはあの店を選んだのね。

そのうち薄暗くなってきて、足元も悪いしランプに火をつけようということに。

アシュレン様の手を放し、ランプを片手に持って歩き出す。

転んだ時に咄嗟に対応できるよう、片手は空けておいたほうがいいと言われた。

あと少し。

それが張り詰めていた私の気持ちを少し緩ませた。

しかし、本当の災難とはそういう時にこそ起こるもの。

日が陰ってきた山の風景を見渡しながら踏み出した足の下で、積み重なった石がガタリとバランスを崩す。それにつられるようにして私の体が左に傾いた。

普段なら大した苦労もなく体勢を整えるのだけれど、ここまで続いた山道にすっかり疲れ果てていた私の身体は、そのままよろよろとタタラを踏む。

最悪なことに左は崖。私の身体はふわりと崖に向かって倒れていく。

自分でも、あっと思った。

実際口に出したかも。

アシュレン様が飛び出し、慌てて手を伸ばしてくれる。

その手が私に触れるも、時既に遅しと私達は崖を滑り落ちていった。

耳元でガツガツと土と身体がぶつかる音がする。

身体中に衝撃が走るものの痛みは思ったより少なかった。

転がる身体が止まったところで、私はゆっくり目を開ける。

すると視界いっぱいに映ったのはアシュレン様の服。

アシュレン様に抱きかかえられたまま顔を上に向けると、歪んだ口から「ぐっ」と苦しそうな声が漏れた。

「アシュレン様！　大丈夫ですか？」

「うっ、俺は、問題ない。ライラは？」

「アシュレン様のおかげで大きな怪我はありません」

手探りで落ちたランプを探し、マッチで火をつける。

私達を取り囲むように淡い光が周りを照らすも、周辺の闇のほうが深く何も見えない。

転がり落ちてきた崖のほうにランプを向ければ、予想以上に傾斜は大きく、これを登れるのかと不安になるほど。

さらに照らそうとランプを掲げた時、立ち上がったアシュレン様の身体がガクリと傾き膝をつく。

手は右足を押さえていた。

「失礼します」

靴を強引に脱がし、ランプで足首を照らせば赤く腫れている。

「触ります」

そっと患部に触れるとアシュレン様が僅かに眉間に力を入れた。痛みはあるようだけれど骨折はしていない。

私達がいる場所は崖の中腹。僅かな平地に運良く止まっていて、すぐ横は崖下。川の水音が大きく響き、大声を出さなきゃ会話もできない。

私にはこの崖を登ることはできないし、足を痛めたアシュレン様も無理。どうしたらいいかと崖を見上げていると、ゆらりと揺れるランプの灯りが見えた。マーク様だ。

「けがは、ないか」

上下左右に動く灯りはアシュレン様に教えてもらったのと同じ動き。私は立ち上がって灯りを揺らす。

「男性、怪我、足首」

「分かった、そっちに、向かう」

単語でしかやりとりできない私をアシュレン様がフォローしてくれ、マーク様からの伝達を言葉にして教えてくれる。

「ライラ、マークには村に行って、明日の朝に助けを連れて来てもらおう。ここは足場が悪い。

三人揃って共倒れになるのは避けたい」

「分かりました。そのように伝えますのでランプの動かし方を教えてください」

縦、斜め、丸、と言われるままに私はランプを動かす。どうやら意思は伝わったらしく、最後にマーク様の持つ灯りは大きな丸を描いた。

「アシュレン様、少しここにいてください。雨宿りできる場所がないか探してきます」

「それなら俺が」

「その足では無理です。ここでお待ちください」

止められると分かっているので、私は返事を聞くことなくその場を離れる。

木の下とか、雨風を防げて身体を休められる場所があればいいのだけれど。

滑りやすい足元に気をつけて周りを照らしながら慎重に歩けば、運良く洞窟を見つけた。崖をくり抜いたようなその穴をランプで照らすと、中は意外と広い。

側面を手で触ると岩壁はしっかりとしていて、これなら崩れる心配もなさそうだ。

アシュレン様の元へ急ぎ戻ると、もう一つのランプに灯りをつけて、それを頭上で掲げながら待っていてくれた。

「洞窟が近くにありました。肩を貸しますので歩けますか？」

「すまない。一人では歩けなさそうだ」

身を屈め、アシュレン様の腕の下に潜り込むようにして立ち上がらせる。少しぐらつきながらも、まだ雨が降る中、私達は何とか洞窟に辿り着いた。少し奥まで進みアシュレン様を肩から降ろすと、私はさらに奥へと向かう。

「あっ、小枝があります。風で洞窟の中まで吹き飛ばされたのでしょうか」

手に取ると随分前からここにあるのか、湿ってはいない。

「火を起こしたい。拾い集めてくれないか？」

「分かりました」

飛び散った小枝はかなり多い。枯れた葉のついたそれらを拾いながら奥へ奥へと進んでいくと、ポタリと水の滴る音が聞こえてきた。

ひとまず枝を持ってアシュレン様の元に戻り手渡すと、私は雨合羽のポケットに布水筒が入っているのを確かめながら、水音がした場所へと向かう。

飲み水は十分あるけれど、確保しておくに越したことはない。

水は天井からポタリポタリと落ち、その下には小さな、でも深い水溜まりができていた。長い年月をかけ、水が岩をくり抜き作られたらしいその中には、もちろん生き物はいない。

指を浸して暫く待ち、刺激や痒みがないことを確認してから口に少しだけ含む。でも。

ペッ

すぐに吐き出し、布袋に僅かに残っていた水で口をすすぐ。念のため、この水は飲まないほうがよさそうだ。

痺れはないけれど、少しピリピリとした刺激が舌に残っている。飲み水はあるから差し支えはないのだけれど、と思いながら洞窟の壁に手を当て、ごつごつとした岩肌をそろりと撫でた。

「この洞窟の岩、山道にあったものと違う……」

ランプを近づけると、僅かに岩の中に青い不純物が見えた。山道に転がっていた岩には、そんなものはなかったので、この深さの地層特有のものかも。

気になる、と思いながらも、今優先すべきはアシュレン様。

私は水を諦めアシュレン様の元に戻ることにした。

「奥に水がありましたが飲まないほうがいいです。怪我の手当てをしますから、靴を脱がせますね」

「分かった。手当は自分でするからライラはリュックから薬を出してくれないか。麻袋に纏めて入っている」

「はい。勝手に開けますね」

私のリュックはマーク様が持っていて、あるのはアシュレン様のリュックだけ。中を開け薬の入っている麻袋を探す。アシュレン様は両足とも靴を脱ぎそれを火の近くに置くと、今度は雨合羽を脱いだ。

「ライラも靴と雨合羽を乾かしたほうがいい」

私は見つけた麻袋をアシュレン様に渡し、代わりに脱いだ雨合羽を受け取る。それを火の近くの岩に広げて干し、ついでに自分の雨合羽も脱いで隣に干した。それから、ちょっと躊躇いはあったけれど、言われた通り靴を脱ぎ乾かすことに。

雨合羽を着ていたとはいえ、シャツもトラウザーも濡れている。でも着替えはないから、できるだけ火の近くにいるしかない。

アシュレン様は湿布薬を貼った足を伸ばし、次いで少し足首を曲げ眉を顰めた。

「痛みますか？」

「そうだな。だが、こんな時なのに湿布薬がどれほど効果があるか楽しみだ」

「そのお気持ちはちょっと分かります。靴には乾燥剤も入れておきましょう」

麻袋から乾燥剤を二つ取り出す。こちらは好評だった水虫薬に次いで、私が騎士達のために作ったもの。

彼らの靴は、ぬかるみを歩いたり汗で湿ったりと、中々悪い環境で。それなら効き目の強い乾燥剤をと、炭と一緒に幾つかの粉末状の薬草を通気性のいい布袋に入れた。ただの乾燥剤ではない、湿気を取り雑菌の繁殖を抑え、おまけにいい匂いもする力作だ。

「一つずつ使おう。途中で入れかえれば左右どちらの靴も乾くだろう」

「私のリュックがないばかりに申し訳ありません」

「気にするな」

アシュレン様と私の靴、それぞれ片方に乾燥剤を入れておく。「それも結果が楽しみだ」とアシュレン様は言ってくれるけれど、私は自分の不甲斐なさに申し訳なくなってくる。

「それから濡れた服は着替えよう。着替えは二枚あるから一枚貸す」

「すみません」

「気にするな、と言っただろう」

アシュレン様はリュックの中から新しいシャツとトラウザーを私に手渡し、背を向けた。

この状況で服を脱ぐのは抵抗があるけれど、濡れたままでいるより着替えたほうがずっといい。照れて戸惑い恥じらうなんて、面倒なこともしたくない。

よし、と腹を決め、釦（ぼたん）を外し、シャツを脱ぎ、アシュレン様から渡されたシャツを羽織る。もちろん大きくてぶかぶかだから袖は四回折り返した。ズボンもウエストが大きいので、ロープを借りて縛ることに。

着替え終わっても自己嫌悪から下を向く私に、アシュレン様は穏やかな声をかけてくれる。

「ライラ、火の近くに。春とはいえ風邪をひく」

「はい」

目の前の焚（た）き火に手を翳（かざ）す。指先から伝わる熱に、すっかり身体が冷えていたのだと気づかされた。

「私に体力がないばかりに足手纏いになり、さらにアシュレン様に怪我までさせてしまいました。今だってこんな洞窟で碌に手当てもできず、申し訳ありません」

「ライラに怪我がなくてよかった」

「こんなに苦労して辿り着いても、何の成果もないかもしれません」

「そんなことはない。『何もなかった』という成果を得られる」

『何もなかった』成果。初めて聞く言葉に焚き火から視線を移すと、柔らかく微笑むアイスブルーの瞳と目が合った。

「ライラ、やって無駄なことなんてないんだよ。やったこと自体が一つの成果になるんだ」

無駄なことは何もない。

私が今までしてきたこと。

その多くがカーター様にとっては無駄だった。

でも、そこに意味があるとすれば。

それこそ、私がこの国にいることではないだろうか。

あの日々があったから、私は今ここにいる。

自分の研究を自分の名で発表し、認めてもらえる。

誰かと比べられることなく、私であることを尊重してくれる。

研究室の人達はみんな親切で優しく、初めて自分の居場所を見つけられたと思う。

朝が来るのが待ち遠しく、深く息を吸え、ほっと落ち着ける場所。

春の陽だまりのように温かく、夏の日差しにも負けないぐらいキラキラした所。涙が滲んできたのを見られたくなくて、私はツイと上を向きアシュレン様から視線を逸らした。それなのに。

かさり、と静かな衣擦れの音がして、私の肩にアシュレン様の腕が回る。そのままぐいっと力を込められ、引き寄せられ、私は腕の中に閉じ込められた。

背後から私を包むように抱きしめるアシュレン様。私の小さな身体はその足の間にすっぽりと埋まってしまう。

「アシュレン様……？」

「洞窟の床は冷えるから、今夜は横にならず、座ったままくっついて眠ろう。ライラは俺にもたれて寝ればいい」

「で、でも。これではアシュレン様が休めません」

背後から抱きしめられ、恥ずかしさで頭が真っ白になりつつも、必死で平静を装う。

アシュレン様はリュックを引き寄せると中から二枚の毛布を取り出す。リュックはクッション代わりにするようで背中と岩の間に挟み込んでいた。

幸いにも私の毛布はアシュレン様に預けていたので、それを受け取り膝にかける。

アシュレン様の毛布はポンチョのように頭から被るデザインになっていて、抱きかかえた私ごとすぽっと被った。

密着度がさらに増し、毛布も相まってか温もりが伝わってくる。これは、ちょっと限界、かも。

「アシュレン様、さすがに近い、です」

「はは、珍しくライラの照れている顔が見れた」

「揶揄っているのですか？」

「違う」

ふわり、と私の後頭部に柔らかな感触と僅かな重み。見えないけれど、アシュレン様が頬を乗せている気がする。

「俺は腹黒だから、この状況が自分のせいだと責めるライラにつけいって抱きしめているだけだ。だからライラは諦めて眠れ」

「そんなこと……」

「ここに行くと最終的に決めたのは室長。山道は慣れている俺とマークが案内するのが当たり前。その上での事故だ。ライラに非はない」

「でも、私が足を滑らせなければこんなことにはならなかった」

「ライラが自分を責めているのはその暗い顔を見れば分かる」

回された腕にさらに力が籠る。

「でも今は俺につけいられた、むしろ被害者だ。だからそんな顔するな。嫌でも朝まではこのままだと諦めるんだな」

耳元でくぐもった声がする。私は表情が表に出にくいだけで、動揺だって戸惑いだって人並みにはしていて。だから今も心臓は早鐘のように鳴り響いている。

言葉だって、何て返せばいいのか浮かんでこないぐらいに混乱しているのだ。

だから沢山ある言いたい言葉からどうしてそれを選んだのか、自分でも分からない。

「嫌ではないです」

ポツリと呟いた声がやけに響く。アシュレン様の腕が微かにピクリとしたあと、「それならよかった」と柔らかな声が聞こえた。

パチパチと爆ぜる焚き火を見ながら、私はいつの間にか目を閉じていた。

こんな状況なのに温もりと安堵に心地よささえ感じてしまう。

でもやっぱり熟睡はできなかったようで、夜中に何度か目を覚ました。

その度に近くに置いていた枝を手に取り、葉をむしってから焚き火に放り込む。葉は煙ばかり出てすぐに燃えてしまうし、下手したら燃えながら宙を舞うこともあるので、取ってから燃やすようにとアシュレン様が教えてくれた。

起きる度に枝が私の記憶より減っているのは、アシュレン様も同じように火にくべているからだと思う。もしかして私が枝を手にしている今も起きているのかもしれない。

声をかけようか、と思ってやめた。

寝ていたら起こしちゃうし、起きていても何と会話を続けていいのか分からない。

私を抱きしめるこの腕に、どんな意味があるのか。

深い意味なんてないと自分に言い聞かせるけれど、胸の奥がざわざわと落ち着かない。

落ち着かないのに、居心地はいい。

この温もりが愛おしいと思う。


多分、私は恋をしているんだ。


朝、目覚めると、焚き火は殆ど消えかけていた。私が集めた枝もすっかりなくなっている。

「おはよう」

「おはようございます」

モゾモゾと一緒に被っていた毛布から抜け出し、照れ隠しに髪を整えるふりをする。

「アシュレン様、足の具合はどうですか？」

「ああ、悪くない」

アシュレン様は足首を軽く回したあと、慎重に立ち上がり感触を確かめる。私もしゃがみ込み怪我の具合を見ると、昨晩よりかなりマシになっていた。

「多少痛みはあるが一人で歩ける。これはかなりいい湿布薬だな」

こんな状況でも満足気な表情を浮かべるのが研究者。開発が成功することほど嬉しいことがないのを私も知っている。

「そうだ、ライラの作った乾燥剤は、と……おっ、すごい！　しっかり乾いているだけでなくいい匂いがする」

しかし、だからといって自分のブーツに鼻をつけ嗅ぐのは如何なものかと。整った顔だからこそ止めて欲しい。

「ライラのは……」

「まさか私の靴の匂いまで嗅ぎませんよね？」

「……お、おぅ、もちろん」

嗅ぐ気だったのか、と仰反りながら素早く自分のもとにブーツを回収する。研究者としての気持ちは分からなくもないけれど、絶対に嫌だ。

「兎に角、この二つは成功ですね」

「ああ、そうだな」

嗅ぐなと目を細めると、アシュレン様は決まり悪そうにリュックを引き寄せ中をゴソゴソ。取り出したのは非常食の干し肉。

「はい」と当然のように手渡された干し肉を、恐縮しながら受け取った。水筒は肩から下げていたので飲み水はある。と、そこで思い出した。

「アシュレン様、昨晩、水を汲もうと洞窟の奥に行ったところ、小さな水場がありました」

「この奥にか？」

「はい。天井から落ちた雫が長い年月をかけて岩をくり抜き、できたものと思われます」

「飲めるのか？」

「いえ、舌に刺激があったので止めたほうがいいです」

また口にしたのか、と眉間の皺が言っている。

そこは気づかないことにして。

「その水を汲んできてもいいですか？　ついでに洞窟の壁も少し削って持って帰りたいです」

「分かった。これを食べたら一緒に見に行こう」

アシュレン様は私がやろうとすることを否定したり、頭ごなしに怒ったりしない。理由を聞いて、いえ、時には理由さえ聞かず意志を尊重してくれる。

はいと頷き、渡された干し肉を焚き火の残火で少し温めてから口にする。塩味の効いた噛みごたえのある肉は決して美味しいとは言えないけれど、空腹の身体に染み込む。

食べ終わると水場に向かい、私は布水筒に水を汲んだ。アシュレン様は先の尖ったトンカチのようなもので岩を削り、布で包んでリュックに入れる。

「珍しい地層だな。ライラ、分かるか？」

「申し訳ありません。地層には詳しくありません」

「謝らなくていい。そんなに色々知っていられてもこちらの立場がないからな。帰ったら専門家に見せよう」

「専門家にお知り合いが？」

「母を辿ればどんな人物にも辿り着く。任せればいい」

室長、いったい何者？

護衛の話もあっさり通るし。それにお城に作られた託児所も、宰相だった前ナトゥリ侯爵様というより室長の働きが大きかったと聞く。

「マークが助けを連れて近くまで来ているかもしれないから、俺は外を見てくる。その間に着替えればいい」

「ありがとうございます。足が痛むようなら無理なさらず。私があとで滑落した場所まで見に行きますから」

アシュレン様は歩きながら頭上でヒラヒラと手を振る。大丈夫、ということのよう。

焚き火の場所まで戻り岩の上に干した服を手にすると、少し湿ってはいるものの着られないことはない。手早く服を脱ぎ着替えると、同じく岩に干していたアシュレン様の服と雨合羽を一緒に畳んでリュックに詰める。周りを見渡して忘れ物がないことを確認し、火をきちんと消してから洞窟を出た。

昨晩は暗くて見えなかったけれど、私達が歩いた道は崖の途中に偶然できた細いもので、下を見れば垂直に続く崖下と大きな川が見えた。

この景色を見ていたらあんなに平然と歩いたりできなかった。すくむ足を叱咤し、反対側の崖に片手を添えながら少し歩くと、アシュレン様の姿が見えてくる。

「アシュ……」

「マーク、そこ滑りやすいから気をつけろ」

かけようとした声を途中で飲み込み見上げれば、ロープを垂らしながら降りてくるマーク様の姿が見えた。

「よかった、ライラも無事だったようだな」

アシュレン様より先に私に気づいたマーク様が上から声をかけてきた。

「はい、申し訳ありません。ありがとうございます」

返事をする私の手からアシュレン様がリュックを取ると、軽々と背負う。

「あとから取りに行くつもりだったのに。重かっただろう」

「いえ、大丈夫です。それにしても私達すごいところにいたのですね。今更ながら身がすくみます」

「同感だ。マークが村の人を連れて来ている。引っ張り上げてもらう段取りだ」

話をしているうちにマーク様は私達のところまで降りてきた。腰にロープをつけ、それを命綱として降りてきてくれたらしい。

その命綱以外にもロープを二本持っていた。

「おはよう、昨晩はよく寝られた？」

場違いなほどの清々しいお顔で挨拶をしながら、マーク様は私の身体にさっと目を走らせ怪我がないことを確認する。昨晩、と言われ反射的に頬を赤くした私を見て、マーク様はえっと目を丸くし、アシュレン様を見た。

「……もっと遅く来たほうがよかったか？」

「………………」

「って、何か言えよ!!」

アシュレン様はしれっとマーク様から縄を受け取り腰に巻き始める。

「あ、あの。すごくいいタイミングです!!　えっと、深い意味ではなく。その」

否定も肯定もしないアシュレン様に代わって誤解を解こうとするも、続く言葉が出てこない。マーク様が思うようなことは何もないのだけれど、何もなかったと否定する言葉が出てこないのは、私にとってあの洞窟での時間が大切なものになっているからで。

わたわたしていると、アシュレン様が呆れ顔半分でマーク様を軽く睨む。

「邪推するな。俺はよくてもライラは令嬢だ」

「いやいや、それなら恋人説も否定しろよ」

しかし返ってきたのは的確なツッコミだった。

「いや、まあ、お前がこんな場所で無茶するとは思ってないけどね」

とアシュレン様の肩をぽんと叩いたあと、マーク様は私に縄を一つ手渡した。

「この崖の上に村の者がいる。合図をすると引き上げてくれるから、身体を崖に対して垂直にして。靴底で崖を歩くイメージで、できそうか？」

「はい、やってみます」

では、とマーク様が私の身体に縄を結ぼうとすると、アシュレン様が素早くそれを取り上げ、ぎゅっと腰に巻き付けてくれた。

「途中で緩んではいけないので少しきつめに巻いたが、苦しくないか」

「大丈夫です」

「それにしても細いな。折れそうじゃないか、もっとしっかり食べろ」

これでもカニスタ国に来てから随分ふっくらしたのだけれど。三食しっかり摂って睡眠時間も十分な健康的な生活のおかげで、骨張った私の身体は女性らしいラインを取り戻した。

「では二人とも準備はいいか」

「もちろん」

「頑張ります」

靴底を崖に当て気合いを入れる私を心配そうに見ながら、マーク様はピューと指笛を吹いた。

その音が合図となり縄がピンと張られたかと思うと、私の身体は上へと引っ張られた。

途中何度か足を踏み外しそうになりながらも、やっと崖の上に辿り着いた時にはへとへとに。

引っ張り上げてくれた男性がペタリとそこに座り込んだ私を見て、女だったことに鳶色の瞳を丸くした。

「てっきり男だと思っていた。随分軽いからおかしいとは思っていたんだ」

その軽さのせいか、もしくは男性の腕力のおかげか、一番に崖の上に辿り着いたのは私だった。

「ありがとうございます。助かりました」

「いやいや、これぐらい大したことないよ。それに、あの兄ちゃんがたっぷり謝礼を前払いしてくれたからな。いい小遣い稼ぎだ」

ほれ、と男性は私にパンを渡してくれた。

「お腹を空かしているはずだから持って行けって、嫁に渡されてな」

「ありがとうございます。昨日から干し肉しか食べてなくて」

「そうか。じゃ、村に辿り着いたらまず飯だな」

四十歳ほどだろうか。焼けた肌に人懐っこい笑みを浮かべながら、大きな手で私の肩をボンと叩いた。

そうしているうちにアシュレン様もマーク様も崖の上に。パンと水をお腹に入れたあと、私達は村人に案内され、目指していたリーベル村へと向かった。

山の中にぽっかりと切り取ったような平地が広がるその場所がリーベル村だった。四十世帯ほどが暮らすその村には、青々とした小麦畑の中に家がパラパラと建っていた。

平地で小麦などを作る村人、斜面で果物を育てる村人がほぼ半分ずつ。野菜は各家庭で作り、山に罠を仕掛け動物を捕まえたり、川で魚を捕まえたりと、基本自給自足で生活している長閑な村だ。

私を引き上げてくれたのはリーベル村の村長さん。私達はまず村長さんのお宅に招かれ、奥さんが用意してくれていた野菜たっぷりのスープと焼き魚をご馳走になった。

「こんなものしかなくて申し訳ありません」

私達が貴族と知った途端に恐縮し始めた村長夫婦に「ありがとうございます」と礼を言い、美味しく完食した。新鮮な野菜がこんなにも美味しいものとは知らなかった。

アシュレン様は三回もおかわりをし、すっかりお腹も膨れたところで本題に入ることに。

「この村で小麦が大量に枯れたことはあるか？」

「いいえ、ありません。下の村では数年に一度あるようで、その度にわざわざこの村まで買いに来る人がいるぐらいだ……です」

アシュレン様の問いに、丁寧な言葉使いなんてできないと村長さんは身を小さくし、少し白髪が混じった茶色の髪をガシガシと掻く。

「それについて何かお心当たりはありますか？　例えばこの地域だけに伝わる肥料や農薬、苗の育て方、何でもいいので教えてください」

「はい。でも、何でも、と言われましてもなぁ。特に変わったことはしてねぇんですよ」

心当たりはあるか、と村長さんは入り口付近からこちらの様子を覗き見る村人数人に声をかけた。

かけられたほうも首を傾げ、お互い顔を見合わせるばかり。その中、一人の村人がおずおずと前に出てきた。

「あ、あの。俺、この山の麓の村から婿養子に来たんだが、小麦の育て方は一緒です。強いて言うならこっちは山の上で気温が低いから、麓より種を撒いたり収穫する時期が遅いぐらいで」

「遅い、とはどれぐらいですか」

「二週間ほどですかね」

二週間。山の高さから考えて妥当なところ。

「ねぇ、何でおとうさん達、水神様の話しないの？」

突然聞こえた可愛らしい声は、村長さんの末娘。奥さんの腕を引っ張りながら首を傾げている。

それに対して奥さんは「しっ、シシル、向こうに行っていなさい！」と眉を顰め、隣の部屋に押しやろうとする。

「あの、水神様って何ですか？」

「いいえ、子供の言うことですから。すみません」

「この村には水神様がいるから小麦が枯れないんだって、おかあさん、いつも言っているじゃない！」

赤い頬を膨らませ言い返すシシルの口を奥さんが抑え、頭を下げた。

「申し訳ありません。こんな辺境の村で育ったので口の利き方を知らなくて」

「いいえ、構いません。それで水神様とは？」

「特に何かを奉っているわけじゃないんです。種まきの時期に、今年も豊作になりますように、と水源に酒を垂らすぐらいで」

「垂らす酒より、俺達の腹に入る酒のほうが何十倍も多いぐらいです」

奥さんに同意するように、麓の村から婿に来たという村人が応える。

アシュレン様がその儀式について詳しく聞いてくれたけれど、小麦を作っている農家が集まり、豊作の祝いと称して酒を飲む集まり、というのが本当のところだった。

垂らすお酒はコップ一杯。それが小麦が枯れない理由とは思えないけれど、その水源は見てみたいところ。

「アシュレン様、あの……」

「分かっている。行きたいんだろ、その水源に。村長に話を付けてくるから少し待っていろ」

アシュレン様はそう言うと、村長さんに銀貨を数枚渡し案内を取り付けてくれた。村長さんは、「こんなに沢山もらえない」と恐縮していたけれど、食事代込みで話をまとめ、私達は早速その水源に向かうことに。

水源は村から山道を一時間弱登った所。かなりの覚悟をして臨んだけれど、土は踏み固められていて傾斜も緩やかなので、それほど苦労することなく辿り着けた。

夏場は子供達の遊び場になっているその場所は、木立に囲まれた中にひっそりとあった。地面近くの岩の割れ目から細くちょろちょろと流れるそれが、崖下の川になるのかと思うと不思議な感じがした。おそらく他の幾つかの支流もあの川へと繋がっているのでしょう。

「村長、水を汲ませてもらうぞ」

「へえ、いくらでもどうぞ」

水神様、と聞いた時は土着の信仰対象かと思ったけれど、そんなことはないようで。風習を大事にしつつも、他所者(よそもの)が水を汲むのに嫌な顔一つしない。それどころか、「飲んでみるか?」と私に尋ねてくれた。もちろん頷く。

両手を水に浸けると、それは思ったより冷たかった。山頂付近に残った雪が溶けたものが地面に染み込み、そこから出てくると聞いて納得。掬い上げた水を口に含むと、その味は癖がなくすっきりとしていた。

「美味しい」

「そうじゃろう」

自慢気に頷く村長さん。

舌の上で柔らかく広がる水の味。昨晩からの疲れや登山で汗を掻いた身体に文字通り染み込んでいく。冷たい水が喉を通り、胃の中に落ちていく感覚がはっきりと分かる。

隣を見れば、アシュレン様も水を口にし、さらには頭から被って子犬のようにブルッとふるった。

水も滴るいい男、とはこのことか。

濡れた前髪を掻き上げる色香は、ここに令嬢がいれば卒倒しかねない。

かくいう私も。

普段なら軽口を叩けるのに今日は口をふにふにさせ、視線をどこに向けようかと彷徨わせる。せめて顔には出さないようにと努めてはいるけれど。

「ライラ、この辺りの土はどうする？」

そんな私の気持ちなど露ほども知らず。平然とアシュレン様が問いかけてきた。

「そ、そうですね。少し採取したいです。それから、時間があるなら高地でしか採れない薬草を探してもいいですか？」

向こうの木に絡みついている蔦、もしかして珍しい薬草ではと、さっきから気になっていた。

アシュレン様から三十分だけ、という許可をもらい、私は茂みに足を踏み込む。

「やっぱり、これは強力な解毒剤だわ。こんなに沢山、しかも葉も立派」

葉は乾燥させ飲み薬に、茎はすり潰し軟膏にできる優れもの。早速リュックからナイフを取り出し蔦を切り、木から剥がしてどんどんリュックに詰めていく。

そのうちアシュレン様とマーク様も来て手伝ってくれて。もちろんアシュレン様はこれが何かご存じで、こんな高価なものがあるなんて、と驚いていた。

「小麦の大量枯れとは関係ないが、とんだ掘り出し物だな」

「リュックに入る分しか持ち帰れないのが悔しいですよね」

隙間を見つけややや強引にぎゅっと詰める。もっと沢山詰めこみたいけれど、今回の目的は小麦の大量枯れを調べること。これはあくまでおまけだ。

「研究室に戻ったら、人をやって再び採取させよう。他にも珍しい薬草があるかもしれない」

「それでしたら薬草に詳しい人も必要ですね」

「そうだな。ティックあたりに行かせようか。若いし体力は有り余っている。男だから最悪、野宿もできるしな」

こういうのをとばっちりと言うのかはさておき、私とアシュレン様の間ではティックのリーベル村行きが決定事項となった。

予想外の収穫が、現地調査ならではの喜びらしい。

うん、確かに。

ここに来るまで大変だったけれど、また行きたいと思ってしまう。

「ライラ、楽しそうだな」

「はい。私、薬草研究って実験室で行うことしか知らなかったのです。実際に足を運ぶことは大事だと思っていましたが、こんなに沢山の収穫があるなんて想像していませんでした」

「ここまで活き活きしているライラを見るのは初めてだ。ジルギスタ国で会った時と目の輝きが違う」

優しく細められたアイスブルーの瞳に、私の鼓動が跳ね上がる。

「そうでしょうか」

相変わらず可愛い反応の仕方なんて分からない。でも。

「この国に来て、研究する楽しさを改めて感じています。私にとって研究は孤独なものだったのですが、研究室では誰もが助け合って、切磋琢磨して毎日が刺激的です」

「それを言うなら他の者のほうがずっと刺激を受けている」

「こうやって現地に来られ、大変でしたがとっても充実しています。アシュレン様、私をカニスタ国にスカウトしてくださりありがとうございます」

私はどうしようかと戸惑いながら、手を差し出した。アシュレン様は目を見開くと次いで満面の笑みを浮かべ、私の手を強く握り返してくれた。

「それは俺の台詞だ。ライラ、これからもよろしく頼む」

「はい」

繋がれた手に込めたのは信頼の気持ち。

それ以上のものは私にはまだどうしていいか分からない。

自分から言い出しておきながら、恥ずかしくて俯(うつむ)いた私は、アシュレン様の瞳に浮かんだ想いも、遠くから私達を見守るマーク様にも気づくことはなかった。

8．ジルギスタ国3　カーター編2

今日もカーターは届いた苦情の手紙を破り捨てると、補佐官に試薬のレシピを渡し怒鳴りつけた。

「早急にこれを作れ！　できるまで家に帰ることは許さん!!」

ライラがジルギスタ国を出国して半年。

この半年でカーターの歯車は完全に狂い、今や薬草研究所の信頼は失墜の一途を辿るばかり。

先程叱った補佐官も彼で三人目、さすがに次の交代はないと第二王子からも釘を刺されている。

カーター自身もなぜここまで試薬が失敗続きなのか見当がつかない。

それもそのはず。ライラがいた時も彼は試薬のレシピを作ってはいたのだ、一応。

そして、それをライラに渡し「これをもとにして作れ」と命じていた。

しかし、ライラが書かれた内容の通り忠実に作成した試薬は、使い物になる代物ではなかった。

その事をライラが告げると、渡したレシピをもとに改良するのがお前の役目だとカーターは叱責したのだ。

初めは、改良する内容も逐一報告していたライラだったが、カーターがそれを煩わしく思い「いちいち俺に確認するな、それはお前の仕事だ」と怒鳴りつけてからは、ライラは相談をせず自分で考えて試薬を作るようになった。

こうして出来上がった試薬は、カーターが作ったレシピと最早全くの別物に。

中には使う薬草全てが違う場合もあった。もちろん改めて作成した試薬のレシピもカーターに渡すのだから、それを知る機会はいくらでもあったのだが、彼は知ろうとしなかった。

補佐官はもちろんカーターの指示に沿って試薬を作っている。

だから、失敗しているのだ。

とはいえ、時には試薬が完成してしまうこともある。本来ならそれは念入りに副作用がないかを調べてから製薬課に渡すのだが、カーターは一連の作業をアイシャに丸投げした。

もちろんアイシャが真剣に取り組むなんてことはなく、結果、碌に検証もされぬままレシピは製薬課の手に。

そして届いたのが大量の苦情の手紙。

製薬課によって作られた薬は市場へも流通する。民間で作られている薬もあるが、製薬課の作った薬のほうが効き目がよいと好評だった。

それが今や、製薬課で作った薬は買わないほうがいいと巷（ちまた）で言われるほどに。

傷薬を塗ったらかぶれただの。

湿布薬はすぐに剝がれて役に立たないだの。

痛み止めを飲んだら下痢が止まらなくなっただの。

苦情はあとを絶たない。

しかも、アイシャに渡した重要な書類は紛失され、連絡が来ていない、あの件はどうなったのかと各部署から苦情が次々と来る。アイシャに聞こうにも、首を傾げ涙ぐむばかりで埒が明かない。

製薬課は国王陛下に対し、薬草研究所が作った新薬の質の劣化について報告を行い、それがもとでカーターは昨日、国王陛下からの呼び出しを食らっていた。

カーターは冷や汗をかきながら必死で弁明を連ねた。

新薬に失敗はつきもの。

補佐官が全く役に立たない。

さらには製薬課が自分の書いた通りに作っていない。

などなど。

苦し紛れの言葉を重ねるカーターを国王陛下は胡乱な目で眺め、次の失敗は許さないと大きな釘を刺した。

これに対し焦ったのはカーターだけではない。カーターの研究を後押ししていた第二王子も焦燥に駆られた。肩入れし、褒賞までしたにも関わらず、この半年まともな薬が全くできていない。それどころか既存の薬の品質が下がったことで、各部署から不満が湧き出たり、さらには、重要書類の紛失など初歩的なミスも相次いでいる。

「誰もがあっと驚く薬を開発しろ」

眉間に深い皺を寄せ鬼のような形相で詰め寄られたカーターは、「畏まりました」と答え身を縮めるしか術がなかった。

そして、珍しく夜遅くまで考え作り上げた試薬のレシピを、先程補佐官に渡した。

ゆえにカーターは思った。

（これで俺の仕事は終わり。あとは補佐官が試薬を仕上げてくれる）

彼の頭の中には、試薬を何度も作り直し改良するという考えはない。

だってそれはライラの仕事だったから。

できた試薬の副作用についても、今までと同様、調べられることはなく。

こうやって「誰もがあっと驚く新薬」は開発されてしまった。

夏になると、嘔吐や下痢を繰り返す伝染病が流行りだす。感染力が強く完治に一週間ほどかかり、健康な大人が死に至ることはないが、乳幼児や高齢の者が毎年亡くなっているその病を完治する新薬。

それがいとも簡単にあっさりできてしまったのだ。

実験を繰り返すこともなく、副作用を調べることもなく。

さらに悪いことに、その結果に満足した第二王子がカーターを再び褒賞すると言い始めた。

カーターのためではない。最近すっかり影が薄くなってしまった自分の存在を周りに示すために。

9．ライラの足跡

リーベル村から帰って一ヶ月。

私達が沢山の研究サンプル（お土産）を持って帰ったのを見て、室長達は目を輝かせた。

何から順に調べようかと張り切っていたティックは、次の日リーベル村へと旅立った。今は自ら持って帰ってきた薬草で、私と一緒により効果的な解毒剤を開発中だ。

それと並行して私は、リーベル村から持ち帰ったサンプルの研究を進めている。

「アシュレン様、これを見てください」

場所は城内にある薬草畑の隅。長方形の鉢植えに植えられた小麦を私は指さす。

「枯れている……？」

「はい。枯れています」

「どうしてこの二つの鉢植えだけが枯れているんだ？」

鉢植えは四個。リーベル村の土と水、麓の小麦畑の土と増水した川の水をそれぞれ組み合わせ、同じ条件で小麦を育てた。

「結論から言うと原因は水です」

リーベル村の土と麓の川の水、麓の小麦畑の土と麓の川の水を組み合わせた鉢植えで育てた小麦が枯れた。それに対して、リーベル村の水を使った鉢植えは枯れていない。

「しかし、麓の川は元を辿ればリーベル村の水源に辿り着く。同じ水ではないのか？」

「ええ。それに単純に水が悪いのであればリーベル村の小麦畑は毎年枯れるはずです。だから小麦の大量枯れにはまだ何かしらの要因があるはずだと思い、これを用意しました」

私は少し離れた場所に作った畑にアシュレン様を案内する。庭師に頼んで作った五メートル四方の小麦畑。

「この小麦畑なのですが……」

私は目の前の小麦畑を指さす。明らかに普通の小麦畑ではない。

「右下から広がるように小麦が枯れているのに対し、左上は青々としているな。与える水を変えたのか？」

「はい。井戸水の中に洞窟で採取した岩を入れ、一晩置いた水を右下の小麦にかけました。するとそこから広がるように小麦が枯れ始めたのです」

「ということは原因はあの地層にあるということか。なるほど、大量に雨が降った場合、あの地層まで水が染み込む。染み込んだ雨水が、地層に含まれている有害物質を含んだまま川になる、ということか」

さすがアシュレン様。話が早い。

「ところであの地層は調べていただけたのでしょうか？」

洞窟の中で偶然見つけた地層は、室長の手により地層学者に届けられた。

「ああ、珍しいものだと思っていたが、高い山の頂上付近によく見られる地層らしい」

小麦は山の麓に広がる平地で主に作られている。それならば、リーベル村がある山脈の麓以外でも大量枯れが起きていることに説明がつく。

偶然だけれど、私達が山に登った時も雨が降っていた。だから採取した麓の川の水に毒が含まれていたのだ。

「アシュレン様、地層学者様は、あの地層に含まれる毒について何か仰っていませんでしたか」

「人体に害はないと言っていた。それに小麦以外の作物に被害がないので、小麦にだけ害を及ぼす毒の可能性が高いということだ」

だけど、ここで一つ疑問が出てくる。

日照りが続かない限り、川から水を汲んで小麦畑に撒いたりしない。

となると川に含まれた毒を小麦がどうやって吸収したかを説明しなくてはいけない。

そして、それを明らかにするために作ったのがこの小麦畑だ。

「地層から滲み出た毒は川を流れるうちに、川の近くの土壌に吸収されたと思われます」

「その毒が土に吸収されやすいものであれば、可能性はあるな」

「はい、その可能性を確かめるために小麦畑を作って、その一角だけに毒を含んだ水を撒きました。それを数日続けたところ、水を撒いていない中央付近の小麦まで枯れ始めました」

　つまり、毒が土に染み込み広がり、小麦は枯れた。

「数日、ということは小麦はある一定量の毒を吸収した時枯れるというわけか」

「アシュレン様はご存知かと思いますが、薬にしろ毒にしろ、どれぐらいの量を摂取するかで反応が変わってきます。薬だって沢山飲めば毒になります。大人なら多少飲んでも平気な湖の水も、身体が小さな子供が飲めばすぐに腹痛を起こします。それと同じように、小麦が枯れ始めるのはある程度の毒を含んだ時だと思われます」

　それなら、雨が降った時期と大量枯れが起こる時期がずれていることも説明がつく。

　春から初夏に大量に雨が降ると、雨水が毒のある地層まで染み込み、川に流れ込む。毒は川辺の土に浸透し、それが広がり、小麦が一定量の毒を吸収するのに時間がかかるのだ。

　私が作った小麦畑は、直接水を撒いたから反応が早かったと思われる。

「では、これを早速、室長に報告しよう」

　アシュレン様は少し興奮気味にそう言い、私の手を引き研究室に向かおうとする。

　でも私はその場から動けないでいた。

　だって、まだ検証しなければいけないことが沢山ある。

　私がジルギスタ国で作った農薬のことが脳裏をよぎる。

　カーター様は小麦の大量枯れの原因は湿度によって増える菌だと結論づけた。

私はその菌に効く特効薬を作れと命じられ、出来上がった農薬自体は失敗ではない。確実に菌を滅することができる。

でも、そもそも大量枯れの原因が菌でないのであれば、あの農薬に効果はない。

「怖いのです。ジルギスタ国で作った農薬は検証が不十分でした。そのため、あの農薬では大量枯れを防ぐことはできません。同じことを繰り返したくないので、もっとじっくりと調べたいのです」

私を掴んでいたアシュレン様の手がゆっくりと離れる。

珍しく渋い表情で腕を組んだアシュレン様は、暫くしたのち「ふぅ」と小さく息を吐いた。

「ライラの言うことはよく分かる。俺もそれが研究者としてあるべき姿だと思う。しかしそうも言っていられない事態になってきたのだ」

「と言いますと？」

「南の海で魚が大量に獲れだした」

「……はあ、それは、嬉しいです、ね？」

魚。どうしてここで魚？

アシュレン様はどちらかと言えばお肉が好きなのに。

意図が分からず首を傾げる私に、アシュレン様は意外だとばかりに目を向けてくる。

「ライラ、知らないのか？　豊漁の時は決まって長雨になるのだ」

「えっ？　魚と雨に因果関係があるのですか？」

そんな話は聞いたことがない。

私は薬草以外のことに特段詳しいわけではないけれど、どう考えてもその二つには繋がりがあるとは思えない。

「カニスタ国では有名な説だぞ。海洋学者が言うには、海の温度が関係するらしい。水温が上がると豊漁になるが、その湿った空気が山脈にぶつかり雨雲ができる。それが長雨の原因だと言われている」

「初めて聞きました。ジルギスタ国はカニスタ国のように南側で漁をすることがないからかもしれませんね」

昔から漁師達の間で言われていたことで、調べてみると根拠があることが分かったらしい。

「では、今年も小麦の大量枯れが起こるというのですか」

「おそらく。だからこの結果をひとまず室長に報告すべきだと思う」

どうすべきなのだろう。

今年も大量枯れの可能性があるなら、このまま進めるしかないのかな。

仮説が間違っていたら小麦は枯れる。

でも、検証を優先させても小麦は枯れる。

それなら、と足元の小麦畑を見る。

この結果に賭けるしかないのかもしれない。

「ライラ、全てを一人で背負う必要はない。判断するのは室長や俺だ。ライラは一人じゃない」

その言葉にハッと顔を上げると、アシュレン様が力強く見返してくれた。

そうか、私には相談できる人がいるんだ。

室長やアシュレン様、それからフローラさんとティックも。

「分かりました。この結果を皆に伝えて意見を聞きたいと思います」

私の答えにアシュレン様は大きく頷いた。

それからの日々は忙しかった。

地層に含まれる毒が原因なら、試してみようと思うことがあった。

それはアシュレン様も同じで。

私達二人の頭に浮かんだのは、湖の古城で見つけた藻。

あれが小麦の大量枯れの原因となる毒も吸収してくれるのでは、と期待した。

まずは、井戸水を大きな樽（たる）に溜め、その中に洞窟の岩石を丸一日入れて毒を含んだ水を作った。

今度はそれを、藻のはびこった水槽に移し替える。これで毒が無くなれば藻が吸収したことになる。

次に鉢植えを十個用意して、十日間毎日、違う鉢植えに水槽の水を撒いていくことに。

一日目に水を撒いた小麦は全滅。二日目、三日目も同様。

もしかして藻は毒を吸収しないのでは、と焦りが滲んだ五日目から少しずつ変化が。

鉢植えの小麦が枯れなくなってきたのだ。

その結果、どうやら藻が毒を吸収し無毒化するのに、最低でも一週間はかかることが分かった。そのことをアシュレン様と一緒に室長に報告すると、

「すごいわ！　もう解決策の目処（めど）がつくなんて、さすがライラね」

「いえ、偶然です。それにアシュレン様も手伝ってくださいましたし、藻を沢山繁殖させてくれたのはティックとフローラさんです」

「ええ、彼らも頑張っているのは分かっている。それでもやっぱり私は、あなたの研究者としての素質に舌を巻いているの」

「ありがとうございます」

素直にその言葉を受け微笑む私に、室長は僅かに目を開いたあと、アイスブルーの瞳を優しく細めた。

カニスタ国に来て初めて褒められた時はどうしていいか分からなかった。ただオロオロと頬に手を当てていた。

でも、今は素直にその言葉を受け止めて喜ぼうと思う。アイシャのように可愛らしく微笑むことはできないけれど、私を認めてくれた人には感謝の気持ちを込めてお礼を言おうと思う。

「随分いい顔をするようになったわね」

「そうですか?」

「ええ。初めて会った時もしっかりした令嬢だと思っていたけれど、何もかも一人で背負い込んでいるような張り詰めたところが少し心配だったの。でも、今はすごく伸び伸びしているわ」

そんなふうに室長は私を見てくれていたんだ。

もしかして、別邸にちょくちょく来られていたのは、私のことを心配していたからかもしれない。

「研究室の皆のおかげです」

「その中に愚息も入っているなら母として嬉しいわ」

「もちろんです。アシュレン様には一番助けて頂いています」

それならよかったと笑う室長の顔は母親の顔だった。やっぱりアシュレン様と似ているな、と思う。

「そうだ、今から国王陛下に報告に行くのだけれど、この件についての書類はあるかしら」

「はい、こちらに」

手渡したのは小麦の大量枯れの原因とそれに対する対処法を書いた報告書兼研究結果。

室長はそれに目を通し、最後の一枚で手を止めた。そこにはこの研究に関わった研究員の名前が書かれている。

「アシュレンの名前が一番になっているわ。この研究の最たる功労者はライラなのだから、一番上は貴女の名前に書き直して」

「でも……そこはやはりアシュレン様だと」

「いや、ライラにすべきだ。俺はあくまで補佐をしただけ」

本当にいいのかと室長を見れば、当然とばかりに頷かれた。

言われるがまま書き直し、改めてその書類を見る。

ジルギスタ国にいた時には書かれたことすらなかった私の名前。

感慨深く、胸が熱くなる。

いつまでも眺め続ける私の肩に、そっとアシュレン様の手が置かれる。

その手のぬくもりは心にまで届くようだった。

数日後。

「さあ、今日は忙しくなるわよ」

フローラさんが腕まくりをしながら気合いを入れる。ティックも腰に手を当ててやる気満々だ。

室長の報告のあと、お城をあげて藻の養殖に取りかかることが決まった。今日は沢山の水槽が馬車で届けられる日。その数五百。ちょっと目眩がする数。しかも、二週間後にはその倍が届く。

幸い藻の繁殖力はすごく、手元には藻が蔓延(はびこ)った水槽が十数個。水槽の大きさは両手で抱えられるぐらい。

研究室では狭いので、作業はお城の裏庭ですることに。荷馬車に藻の繁殖した水槽を積み込みゆっくりと運んでもらい、私達はその後ろをぞろぞろとついていく。

空を見上げれば雲一つない晴天だけれど、少し遅れてやってきたアシュレン様いわく、いつ長雨の時期に入ってもおかしくないらしい。

アシュレン様は最近、よくお城に出向いている。今日も何かの相談があったらしい。腹黒だから内容までは教えてくれないけれど。


フローラさんからもらった帽子を両手で深く被り直す。

左右に編んだ三つ編みが歩くたびに跳ねた。

服装は洗いざらしのシャツに膝丈のスカート。水を使うので足元は長靴代わりのブーツ。

ゆっくり進む、といっても同じ城内。まもなく裏庭に着き、アシュレン様とティックと御者が水槽を井戸の近くに降ろしてくれた。

既にそこには室長がいて、足もとには石灰岩が無造作に置かれていた。藻は石灰岩に含まれる物質を吸収すると繁殖のスピードが上がる、というのがフローラさんとティックの研究結果。

藻にとって、石灰岩の物質はいわば餌のようなもの。

作業としては、新しい水槽に水と石灰岩、小さく切り取った藻を入れたあと、日当たりのいい場所に運ぶ。

私達だけでは大変だから、薬草課の方々も手伝ってくれることに。

「レイザン様、おはようございます。今日はよろしくお願いします」

「おはよう。説明は室長から受けている。こちらの職員も是非手伝いたいと言っているから、遠慮なく使ってやってくれ」

「ありがとうございます」

お礼を言って立ち去ろうとすると、レイザン様がじっと私を見てくる。

「初めて会った時に比べ、明るくなったようだ」

「そうですか？」

室長と同じことを言われてしまう。

来たばかりの私はどう見えていたのだろう。

レイザン様と話をしていると、馬の蹄（ひづめ）と車両の音がして、沢山の水槽を積んだ荷馬車がやってきた。その後ろからはぞろぞろと騎士団の方々。

「アシュレン、今日の指揮はお前に任せるぞ」

「騎士団長、ご協力ありがとうございます」

水槽をどこに置くかが実は問題で。室外に置いておくと鳥の被害を受けるし、かといって温室は貴重な薬草でいっぱい。そこで考えられたのがお城の各部屋の窓辺に置くことだった。

それぞれの部屋の一番日当たりのいい場所に置いて、お世話までしてくれるらしい。なんだか国を挙げての大仕事になってしまって、この計画を聞いた時はお腹が痛く、食事が喉を通らなかった。

お城は三階まであり、その各部屋に水槽を運ぶのは体力勝負。そこで応援に来てくれたのが騎士団の皆様。捲った袖から見える筋肉が実に心強い。

腕をぐるぐる回し、やる気に満ちた巨体の群れにやや圧倒されていると、そのうちの一人が私に気づき歩み寄ってきた。見覚えのない顔だと思いながら軽く頭を下げる。

「今日は手伝って頂きありがとうございます」

「いやいや、あんたには借りがあるからな」

借り？　三十歳ぐらいの少しエラが張った顔は初対面。はて、と首を傾げていると、騎士はガハハと豪快に笑った。

「俺が勝手にそう思っているだけだ。ついこの間まで国境にいて、そこでちょっといざこざがあってな。珍しくヘマして太い血管をやっちまって血が止まらなかったんだよ。これはもう無理だなって経験上思い、せめて妻と子供に手紙をって覚悟まで決めた。しかし、止血剤が効いて無事戻ってくることができた。ありがとう」

そう言うと、私より二回りほど大きな手を差し出してくれた。

「あんたのおかげで家族と再会できた」

「それはよかったです」

その笑顔に思わず、鼻がツンとなった。手を出すと力強く握り返され、ブンブンと振られる。

そうか、役に立ったんだ。よかった。

目じりに滲んだ涙を気づかれないようにそっと拭っていると、彼を皮切りに、次々と私の元に騎士達がやってきた。

「あの傷薬は最高だった」

「湿布を貼ったら長年の腰痛から解放された。まだまだ若いもんには負けられん！」

「俺が靴を脱ぐと逃げていく子供達が、最近は靴磨きまでしてくれるようになったんだ。あの消臭剤は素晴らしい」

「ライラ！　見てくれ。毛生え薬をつけたら、ほら髪の毛が生えてきたんだ‼」

「……」

最後の一人が輝く頭を私に突き出すと、周りの騎士が一斉に口をつぐんだ。

私はといえば、滲んでいた涙が引っ込んだ。

いや、確かに産毛が生えている気がしないでもないけれど。

「えーと。もう少し改良するので治験に協力して頂けるかしら？」

「ああ!!　いくらでも。これで一年後にはふさふさだな」

「………」

周りの騎士達は何ともしょっぱい顔をし、対応を私に丸投げする。

私とて苦笑いを浮かべるしかないのだけれど。

「ライラ、騎士達だけじゃないぞ」

いつの間にか傍にいたアシュレン様が井戸を指さす。そこには三人のメイド服姿の女性達。

「ライラが作った霜焼けの薬がメイド達の間で好評だったらしく、話を聞いて何か手伝うことはないかと申し出てくれた」

私達の視線に気がついたメイドさんが頭を下げてくれるので、私も慌てて深く腰を折る。彼女達は手慣れた手つきで水を汲み、水槽にどんどん水を入れていった。

その彼女達の足元には小さな子供達がワラワラと楽しそうに走り回っている。お城の託児所の子供達だ。もちろんカリンちゃんもいる。

「みんな！　お水の入った水槽にこの石を入れていってね。優しく入れるのよ」

「はーい!!」

室長の言葉に子供達は一斉に石灰岩を持ち、我先にと水槽に入れていく。

まるで競争するかのような微笑ましい光景。

この様子だと石灰岩はあっという間に無くなるでしょう。

研究室と薬草課の人員は、藻を小さなナイフで用心深く切り取り、水と石灰岩の入った水槽に慎重に入れていく。この水槽は二重構造になっている。内側には細かな目の金網が付いていて、藻が育ったら金網ごと取り外し、川に沈める計画だ。

次々と水槽の準備はできていき、騎士が軽々とそれを持ってお城へと運んでいく。

「こんなに沢山の人が協力してくれるなんて思っていませんでした」

額の汗を拭う私に、アシュレン様はちょっと意地悪な目をする。

「ライラはまさか手伝ってくれているのがここにいる人達だけだと思っているのか？」

「違うのですか？」

アシュレン様は軽く頷くと、お城を見上げる。

「水槽を各部屋の日当たりのいい場所に置きたいと頼むと、皆が喜んで協力してくれた。執務机を動かしたり、棚をどかしたりして、一つでも多くの水槽を置けるよう準備をしてくれた」

「わざわざ、そこまでしてくれたのですか……」

申し訳ない、という言葉は飲み込んだ。ここはきっと、ありがとうと言うところだ。

「この国では共働きは珍しくない。乳母がいない家庭では、子供が体調を崩すと親は看病をするために仕事を休むこともある。風邪の予防薬には皆助けられた、と感謝しているんだ」

室長の働きもあって予防薬は国中に広がった。簡単に作れるので貧困層にまで行き届いたらしい。

「文官達だけでない。王女殿下だって……」

「えっ！　もしかして王族のお部屋にも水槽が置かれるのですか？」

まさか、と思い聞き返すと、当然とばかりに「そうだ」と言われてしまう。

「母が絡むとことが大きくなるからな」

「あの、前から思っていたのですが、室長って何者なんですか？　元宰相の奥様とはいえ、あまりに影響力が強すぎるように思うのですが」

薬草課はまだ分かるけれども、騎士団にあっさり話を通したり、地層学者を巻き込んだり、その上王族まで協力させてしまうなんて。

今日こそは話してもらいますよ、と詰め寄ったにも関わらず、アシュレン様はしれっとした顔で藻を水槽の金網に貼り付けていく。

その横顔、今日も話す気ありませんね。

最近優しいところばかり見ていたけれど、思えばアシュレン様は元々こういう人だ。ヤキモキしている私の反応を明らかに楽しんでいる。

「そう膨れるな。俺だって口止めされているのだ。それより王女殿下の話だが」

そうでした。王女殿下まで協力してくれるって話でしたね。

「王女殿下は長年肌荒れに悩んでいたんだよ。可愛いらしい顔立ちなんだが、でき物を気にして化粧を厚塗りしては悪化させ。俺にはその悩みは分からないが本人は深刻そうだった」

「アシュレン様は王女殿下とお会いしたことがあるのですか？」

「まあな。それでライラが船で作った化粧品を渡したらこれがよく効いたらしく、最近はすっかり表情も明るくなった」

この言葉には顔から血の気が引いた。

いつの間にあれを王女殿下に？

確か作った化粧品はフローラさんに頼まれ研究室に持ってきて、棚に置いたままになっていたはず。それが王女殿下の手元に渡るなんて。

「ア、アシュレン様。あれはあり合わせのもので作った品で、決して、決して王女殿下がお使いになられるような品物ではありません!!」

ブルブルと拳を握りしめながら抗議するも、アシュレン様はケロリとした顔でカラカラ笑う。

「気に入ったのだから、問題ない」

「そういうわけにはいきません」

私が男なら胸ぐら摑んで投げ飛ばせたのに。

ジロリと睨み上げると、まあまあ、と手のひらをヒラヒラさせる。

「兎に角、大変喜ばれ、大々的に協力してくれたのだからいいだろ。それに国王陛下と女王陛下も、一人娘の悩みを解決したことだけでなく今までの実績にも感謝され、協力してくださっている」

「……どうしてアシュレン様はそんなにも王族と親しいのですか？」

「国王陛下に至っては寝台の位置をずらして窓側に水槽を置くスペースを作り……」

「ち、ちょっと待ってください!! 私の質問に答え……」

「花好きの女王陛下はいつも窓辺に花瓶を飾っているのだが、暫くその代わりに水槽を置いてくださるそうだ」

ああ、なんということ。

話は、私が知らないところでそんなにも大きくなっていたなんて。

このままいっそ倒れてしまいたいと額に手を置き俯く私の顎を、アシュレン様がグイッと持ち上げた。そこには意地悪な瞳ではなく、真剣な眼差しが。

「ライラ、周りを見ろ」

意味が分からないままも、言われた通りに辺りを見渡す。

「薬草課も、騎士も、メイドも、文官も、王族も。皆がライラに感謝しているんだ。皆が進んで動いているのは室長が頼んだだけではない。ライラだから、ライラの薬に助けられたから、だからこんなに協力してくれているんだ。ここにいる人達を動かしたのはライラなんだよ」

私が動かした……。

薬を作っただけなのに？

すれ違う騎士達が「あの薬よかったよ」と私の肩を叩く。

水を運ぶメイドさん達も「今年の冬も霜焼けの薬を作ってね」と声をかけてくれる。

愛想も可愛げもなく、気の利かない私の唯一の取り柄は薬を作ること。だから作った。

作った薬が誰かの役に立てばいいと、そう願って。

視界が歪み、涙が頬を伝う。

あぁ、人前なのに。

私はこの国に来て随分弱くなった。

ハラハラと溢れるように流れる雫は、指で掬ってもまた零れ落ちる。

でも、心の中は温かなもので満たされていて、初めて自分がしてきたことに誇りを持った。

「あっ、アシュレン様、ライラを泣かせたらダメだよ！」

カリンちゃんが私のスカートをくいと引っ張り、涙を拭こうとハンカチを握った手を伸ばす。

「ち、違う。俺は何もしていない」

焦るアシュレン様が面白く、吹き出しながら泣いていると、さらに子供達が集まって囃（はや）し立ててきた。

マーク様が「ここは抱きしめるところだ」と揶揄（やゆ）すれば、アシュレン様は真っ赤になって「こんな所でできるか」と言い返す。

薬草課の倉庫の時とは比べものにならないほど多くの見物人は、私達を遠巻きに見ながら微笑んでいた。

アシュレン様が耳まで赤くして焦りながら私の涙を拭くものだから、ますます笑いも涙も止まらない。

「頼む、ライラ。泣き止んでくれ」

「嬉し涙の止め方が分かりません」

クスクスと笑いながら涙を零す私に、アシュレン様は普段の腹黒からは想像もできないぐらい狼狽して。

その時、ふわりと柔らかなものが私を包み込んだ。

「よく頑張ったわね、ライラ」

まるで母親のような温かな声と温もり。

室長の細い指が私の背中をぽんぽんと叩く。

「目の前の光景を忘れないで。これが貴女の歩いた道よ」

室長の言葉は、私の心に染み、さらに涙を溢れさせた。

10. ライラの未来

日差しがあたりを照りつけ、夏の風が黄金色の穂を揺らす。

目の前にはたわわに実り、重たげに首をもたげた小麦畑。

長雨があったにも関わらず、今年も豊作だ。


収穫の時期になり、私達は再びリーベル村がある山脈の麓を訪れた。今回は麓のみの視察だけれど、リーベル村の小麦畑も豊作だと聞いている。

「ここに来るまでに見た小麦畑でも、大量枯れは起こっていませんでしたね」

馬車に揺れること四日。私はひたすら窓の外を眺め続けた。報告では大量枯れが起きていないと聞いていたけれど、自分の目で確かめるまでは不安で。目の前に穂を垂れた小麦畑が見えた時は思わず歓声を上げてしまったほど。

「成功、だな」

「はい」

笑顔で答えつつも、心の底から喜べないのはジルギスタ国で作った農薬が気がかりだから。

ジルギスタ国とカニスタ国では作っている小麦の種類が異なるので、ジルギスタ国の収穫はひと月半ほど先になる。種類が違うとはいえ、毎年両国とも同じ年に大量枯れを起こすのだから原因は同じはず。

作った農薬が湿気によって繁殖する菌を抑えることは間違いない。それは自信を持って言えるのだけれど、そもそも大量枯れの原因が菌ではないのだから、あの農薬は役に立たない。

私の顔が僅かに陰ったからだろうか、アシュレン様がくしゃりと頭を撫でてくれた。表情に乏しいと言われてきたのに、アシュレン様はそんな私の感情をすぐに汲み取ってくれる。

「さて、美味いものでも食って帰るか」

「……はい」

こうして強行突破と言える日程で私の視察は終わり、カニスタ国は無事収穫を終えた。

あと数ヶ月で、私がこの国に来て一年が経つ。

その間、両親からは一度だけ手紙が届いた。私を心配する言葉はそこになく、相変わらずアイシャと比べ不出来な私を叱責し親不孝者だと嘆く内容だった。

両親にとって私は、女性として至らないせいで婚約解消されたのに、妹を逆恨みした挙句当てつけのように異国に旅立った可愛げのない娘、らしい。

私に対する評価には慣れていたはずなのに、多少なりとも心配してくれていたのだと思い手紙を開けたばかりに、その内容に傷ついた。

だから、私は再び届いた両親からの手紙をまだ開けられずにいる。

味気ない白い封筒、裏にはウィルバス子爵家の封蝋。

「はぁ」

ソファの肘かけに腕を乗せもたれかかりながら、私は大きなため息を吐く。

でも、いつまでもこうしていても仕方ない。既に手紙が届いてから一週間経つし、その間何をしていても心が重かった。それなら、もう読んでしまおうと覚悟を決めペーパーナイフを手にする。

シャッと小さく響く短い音。

ぎゅっと気合を入れ深く息を吸い手紙を取り出すと、私はそれを読み始めた。


夕食が終わりすぐに部屋に戻ろうとした私を、アシュレン様が呼び止めた。

「晩酌に付き合え」

そう言うとリビングに場所を移し、メイドにお酒とハーブティーを用意させた。どうしてこの人は私のことがこんなにも分かるのかと、思わず舌を巻いてしまう。

「何があったんだ?」

私が注ごうとするのを制し、自分でグラスにワインを満たしながら、ごく自然にアシュレン様が聞いてくる。

「実家から手紙が来ました」

だから私も自然に答える。アシュレン様はワインを飲みながら、私が次の言葉を口にするのを待ってくれた。

「妹が結婚するので式に顔を出せと言われました」

困りましたね、と苦笑いするように眉を下げ口角を僅かに上げる。間違っても傷ついていると思われたくない。だって本当に傷ついてなんかいないもの。

「そうか、それでどうするのだ」

「出席しようと思います。手紙の内容が非常識なものなら無視するつもりでしたが、妹の結婚式に出席するために帰国しろというのは真っ当な理由です」

「しかし、相手はライラの元婚約者だろう？　真っ当か？」

「だからこそ。これで帰らなかったら私がまだ未練を持っていて、我儘を通しているように思われてしまいます」

アイシャを妬む気持ちはないし、あんな男喜んで譲ってあげる。当てつけでこの国に来たわけじゃないし、臍(へそ)を曲げて帰らないわけでもない。

ただ、私は自分がしたいように生き、居場所を見つけただけ。

だから堂々と帰ろうと思う、そう伝えるとアシュレン様は分かったと頷いてくれた。

そう言ってくれると思っていた。でも気になるのはニヤリと笑ったその顔。

「アシュレン様？　何を企んでいるのですか」

「どうしてそう思う？」

「腹黒の時の顔をしています」

なんだそれ、とアシュレン様は眉間に皺を寄せるも、口角が上がっているのを私は見逃さない。

「あの、もしかしてですが……」

「令嬢を一人でパーティーに出席させるわけにはいかないだろう。俺がエスコートしてやる」

いやいや、してやるって。

その顔、ぜーったい裏がありますよね。

「……ですが、二人揃って仕事を休むのは問題があるのでは。それに最近、何かと研究室を離れ忙しくされていますよね」

「ライラを一人で行かせるほうが問題だ。そんなこと母が許すはずないだろう。忙しかったのはライラとティックで完成させた解毒薬でちょっとな。だが申請は終了し、然るべき権限も獲得した。渡航は絶好のタイミングだ」

何がどう絶好のタイミングなのでしょう。

頬をぴくつかせる私に、アシュレン様は余裕の笑みを浮かべる。

見ようによっては魅力的にも、悪魔にも見えるその顔に、私は軽く目眩を覚えた。

こうして私は心強い味方と爆弾を抱え、ジルギスタ国に旅立つこととなった。

船と馬車を乗り継ぎ一週間。来た道を遡るようにして帰国した港は何も変わっていなかった。帰ってきたという感慨も湧かない。見慣れた景色を懐かしむ気持ちはあるけれど、感傷的な気持ちにならないのは、ここはもう私の暮らす場所ではないから。

ウィルバス子爵家（実家）に泊まることもできたけれど、アシュレン様が宿をとってくれたので、そちらに泊まることに。

自分の居場所を見つけ、ジルギスタ国にいた時より自信もついたとはいえ、あの家に帰るのはやはり気が重く、アシュレン様の心遣いに甘えることにした。

甘えたのはそれだけじゃない。貴族の結婚パーティーに出席するにはそれなりの準備が必要。アシュレン様はナトゥリ侯爵家の本邸で働く侍女を二人、それからドレスと宝石まで用意してくれた。

「あの、ここまでする必要があるのかっ、しら?」

朝から全身を隈（くま）なく磨かれ、昼食後。

コルセットをぎゅうぎゅう締められながら、遠慮がちに私は聞いてみた。

「もちろんです。大奥様にもライラ様を磨き上げるよう仰せつかっておりますから」

大奥様、とは室長のこと。何でも室長から、私を頭の天辺から爪先までピカピカにするよう命じられたらしい。おかげで、船の中でも毎日色々と塗られ、マッサージも受けた。

そのため、鏡に映る私の肌艶はすこぶるいい。きめが整い透明感ある肌は、自分で言うのも図々しいけれど内側から輝くようだ。女磨きに無頓着な私をここまで仕上げてくれるなんて、これがプロの仕事かと、感心するばかり。

「では、ドレスはこちらで」

侍女が取り出したのはアシュレン様の瞳と同じアイスブルーのドレス。胸元には小さなダイヤモンドが散りばめられ、ウエストから下は幾重ものフリルが重なりふわりと広がる。

瞳と同じ色のドレスが何を意味するかぐらい知っている。だからこそ、どうしてこのドレスなのかと思ってしまう。

「普段の虫除けのお礼に、今日は私が惨めにならないよう一役買ってくださるおつもりなのかしら？」

「ライラ様？」

知らず呟いていたようで、「何でもない」とその場を取り繕う。きっと深い意味はないでしょう。

そのあとはメイクを施し、髪をハーフアップに結い上げ、あっという間に時は過ぎた。

準備が整った頃、扉を叩く音がしてアシュレン様が迎えに来てくれた。

「アシュレン様、今日はエスコートをお願いいたします」

私から頼んだわけではないけれど、ここまでしてくださった気持ちは嬉しくて、初めてカーテシーで挨拶をした。

でも、頭を上げ反応を待つも何も返ってこない。

少し口を半開きにして、切れ長の瞳を見開いたまま動く気配がない。

「あの、どうかされましたか？」

「い、いや。何でもない」

私の問いにピクリと肩を上げると、アシュレン様はようやく一歩前へ。

「綺麗だ。とてもよく似合っている」

「ありがとうございます」

心なしか耳が赤いアシュレン様の胸元には、私のドレスと同じ色のポケットチーフ。濃紺のジャケットが整った顔をいつも以上に際立たせている。

褒められたら、笑顔でお礼。にこりと微笑めば、アシュレン様は少し目線を彷徨わせたあと、侍女を呼び小さな箱を持ってこさせた。

「これをライラに」

蓋を開け、差し出されたのは大きなブルーダイヤモンドのネックレス。その立派すぎる宝石に私は慌てて首を振る。

「アシュレン様、これは私がもらうには分不相応です。頂けません」

「ライラのために作ったのだから、もらってくれないのなら捨てるしかないな」

「そんな！　どれだけ高価なものだと思っているのですか」

窓の外を見ながら言う冗談ではない。焦る私を見てアシュレン様は意地悪く口角を上げる。

「揶揄わないでください」

「ライラがいらないなどと言うからだろう。これから行く所はライラにとって戦場のような場所、このネックレスはお守りがわりだ。つけてやるからじっとしていろ」

アシュレン様はネックレスを手に私の背後に回ると、少しぎこちない手つきで金具を留めた。ずしりとした重さに慄(おのの)きながら鏡を見れば、それは確かにお守りのようにも見える。

「ありがとうございます」

「うん、素直でよろしい」

髪が崩れないよう、優しく私の頭に手を置いたあと、アシュレン様はすっと身を屈めた。旋毛にふわりと柔らかなものが触れ、そして離れていく。突然のことに固まり、一拍ののち顔が真っ赤に染まる。これは、キスのような。……キス。自分が浮かべた言葉にとうとう首まで赤くなってしまう。

「ア、アシュレンさま？」

プルプル震える唇で名前を呼べば、そこには悠然と微笑むアシュレン様。

「今宵、何があっても俺がライラを守る。その誓いだ」

「誓い……」

そこまで気遣って頂けることには感謝するけれど、免疫のない私にこれは刺激が強すぎて。アシュレン様と視線を交わすのも恥ずかしく下を向くしかない。

だから、アシュレン様も私と同じように頬を染めていることに気づけず、侍女の生暖かい視線だけが痛かった。

夏の抜けるような空の下、アシュレン様の手を借り馬車を降りた私は、教会の前庭へと向かう。

着飾った人たちが既に集まっていて、あちこちで楽しそうにおしゃべりをしていた。

見知った顔も多いけれど、どうやら私だと気づかれていないようで。

それよりも、視線は隣のアシュレン様に注がれている。

「あの方はどなた？」

「夜会でも見たことがないわ」

あちこちで囁かれる黄色い声。頬を染めうっとりと見つめる令嬢達の視線に気づかないはずがないのに、アシュレン様は平然と前を見る。

「今更ながらですが、アシュレン様の見目のよさを実感しております。随分視線慣れしていらっしゃるのですね」

「それを言うならライラは視線に鈍いな。おかげで俺は令嬢達を構うより、あいつらを牽制するのに忙しい」

アイスブルーの瞳を鋭くさせ周りを見渡したあと、アシュレン様は呆れ顔で私を見おろす。そんな顔で見られたところで心当たりは全くない。何のことだろうと訝しむ私にアシュレン様は小さく息を吐くと、私の髪を一束摑み……あろうことか唇をつけた。

「な、なっ。アシュレン様⁉」

あちこちで「きゃぁ」と小さな嬌声があがる。再び赤くなり唇を震わせる私を見て、アシュレン様は満足そうに微笑んだ。

「これで粗方、片付けられただろう」

だから、何をですか？　眉間に皺を寄せ軽く睨んだところで、アシュレン様が気にするわけもなく。付き添ってもらっている身では何も言えない。うぐぐ、と仕方なく口をつぐんでいると、出席者一覧と思われる紙を持った侍女が近づいてきた。

「お客様、失礼ですがお名前をお伺いしてもよろしいでしょうか？」

「ええ。ライラ・ウィルバスです」

「……！」

侍女がハッと息を呑み瞠目する。

「アシュレン・ナトゥリだ。彼女のエスコートとして同行したが、何か問題でも？」

冷たいアイスブルーの瞳で微笑むと、侍女はとんでもないと慌てて首を振る。

「失礼いたしました。以前お見かけした時と随分、その、雰囲気が違っておりましたので」

ウェルカムドリンクをすぐにご用意いたします、と頭を下げ侍女は去っていった。

「ライラ・ウィルバスだって」

「アイシャ様の姉、カーター様の元婚約者だろう？」

「失恋して、当てつけのように異国に旅立ったと聞いたけれど」

侍女との会話を聞いていたのか、私達を中心に波紋のようにざわめきが広がる。

次いで私を見た人が目を見張った。

「あれがライラ？」

「アイシャより美人なんじゃないか？」

会話の内容までは聞こえない。多分、妹に婚約者を取られた哀れな私を嘲（あざけ）っているのでしょう。

好奇の視線は覚悟していたけれど、やっぱり気持ちのいいものじゃない。

でもここで視線を落とすのは負けたようで嫌だから、敢えて口元に微笑みを貼り付け前を向いた。そんな私の気持ちを後押しするように、アシュレン様がそっと背中に手を添えてくれる。

「注目だって楽しんでしまえばこっちの勝ちだと思わないか？」

「アシュレン様はいったい何と戦っておられるのですか？」

予想の斜め上を行く言葉に思わず吹き出してしまう。

張りつめていた気持ちがその一言で霧散し、肩の力がすっと抜けた。

意地悪な微笑みを窘めながらも、背に当てられた手が心強い。

アシュレン様はその言葉の通り、周りの視線をものともせず私を会場の中央へとエスコートしてくれた。

――と、その時。

「おねえさま！　来てくださったのですか」

会場に響き渡る甲高い声は、聞き間違えるはずもないアイシャのもの。

真っ白なドレスに身を包み、ピンクブロンドの髪を高く結い上げた今日の主役は、まっすぐ私に向かってくる。でも、アイシャの足は私まであと数歩というところで止まった。

アイシャの視線が私から隣に立つアシュレン様に向けられる。ルビー色の瞳を丸くしたあと、その視線を鋭くして私を見る。そこに嫉妬の色が浮かんだことに、私以上に反応したのはもちろんアシュレン様。

背に当てていただけの手を下に滑らし腰を摑むと、グイっと私を引き寄せる。

そして、誰もが見惚れるような完璧な笑みを浮かべた。

「本日はライラのエスコートとして出席させて頂きます」

「……アシュレン様がおねえさまをエスコート」

アイシャは私のドレスとブルーダイヤのネックレスを見て、悔しそうに顔を歪ませた。

「アイシャ、結婚おめでとう」

「……ありがとう、おねえさま」

でもすぐに気を取り直し華やかな笑みを浮かべると、あろうことか私の手を取り、ルビー色の瞳を潤ませ眉を下げつつ、儚げな姿を装う。アイシャの常套手段に私は反射的に身構えた。

「おねえさま、こんなことになってしまってきちんと謝らなくてはと思っていたの」

「気にしないで。貴女はなにも……」

「やっぱり怒っていらっしゃるのね。でも悪いのは全て私、カーター様を責めないでください」

どうやら私の言葉を聞くつもりはないよう。まるで自分こそが悲劇のヒロインであると見せつけるように、声がさらに大きくなる。

「おねえさまがあまりにも忙しく、カーター様を構って差し上げないから。寂しそうにされているカーター様が可哀そうで、せめて私が話し相手にと思っただけなの。それがまさか婚約解消をして私と結婚したいとまで仰るなんて、思いもしなかったわ」

忙しいのは貴女達が二人揃って仕事を私に押し付けたから。私が寝る間も惜しんで研究していた時に密会をしていてよく言えたものだ。

とはいえ、今日はアイシャの結婚式、ここはグッと言葉を飲み込む。それなのに、アイシャの言葉はまだ続いた。

「私達が愛し合ってしまったのは運命だと思いますわ。でも、おねえさまを傷つけてしまったことは本当に申し訳ないと思っていて、きちんと謝罪しようとしていたの。それなのに、おねえさまはまるで当てつけのように異国に行かれるし。その被害者然とした態度に、どれだけお父様とお母様がお怒りになり心配なさったか」

涙を零しながら矛先を私へと向ける。これではまるで、私がアイシャを責めているようではないか。

しかも、この騒ぎを聞きつけて、とうとう両親までが現れた。

「ライラ、あなたは帰ってくるなり何をしているの？」

「婚約解消はお前が至らなかったからだ。アイシャを責めるのはお門違い。しかも今日はアイシャの結婚式なのだぞ」

私は婚約解消の件でアイシャを責めたことは一度もない。ここに来てからもお祝いの言葉を口にしただけ。それなのに、二人とも相変わらず、私の話を聞こうともせず矢継早に責めてくる。

弁明しようにも、言い訳だの、自己主張が強いだの返ってくる言葉は想像できる。

だから、以前の私は諦めて黙って下を向き、怒りが収まるのを待っていた。

でも、今の私は違う。じっと二人を見据え視線を逸らさない。

だって私は何も悪いことをしていないもの。

余裕さえ感じてしまえるのは、カニスタ国で沢山の人が私を認めてくれたから。私には帰る場所がある。

「謝りもせずブスッとこちらを見て。本当、愛想も可愛げもない不出来な娘だわ。少しでもアイシャを見習いなさい」

「ライラ、いつまでナトゥリ侯爵様にご迷惑をおかけするつもりだ。いい加減我儘をやめて帰ってこい」

「嫌です。私は、もうこの国に帰るつもりはありません」

「なっ、お前はどうしてそう我が強いのだ。儂が譲歩しているというのに、女の癖に生意気ばかり言うな!!」

おめでたい席でどうして内輪揉めを起こすのかと、私は内心気が気でない。ここにはウィルバス子爵家より上位貴族も多くいるのに。

「失礼ですが……」

アシュレン様が優雅な笑みを浮かべながら、私と両親の間に入ってきた。

「何か勘違いされているかと」

「勘違いですと?」

「ええ。ライラはとても可愛らしいご令嬢です。聡明で冷静、それでいて優しく皆に愛されています。自分の考えを持ちながら、きちんと他の人の言葉にも耳を傾け、控えめでそれでいて頼りになる」

繰り出される賛辞に私は表情を取り繕うのが精一杯。あわわ、となる口元を扇で隠しながら、それは言いすぎではとアシュレン様を見上げる。

するとと、熱の篭ったアイスブルーの眼差しに射抜かれた。

「少なくとも、俺はライラ以上の女性に出会ったことはありません。おそらくこれから先も」

まるで愛の告白のような言葉に、扇を落としそうになる。真っ赤に頬を染めた私を、アシュレン様は愛おしそうに見つめてきて、そのせいで鼓動は早鐘のように鳴り響く。

私の代わりに意趣返しをしてくれているのは分かっている。分かっているけれど、その眼差しは真剣で、これが演技なのかと疑うほど。これでは勘違いするなと言うほうが難しい。

「アシュレン様、あの、それはもしや、ライラのことを……」

案の定、私達の関係を勘違いした父が、戸惑いながら私とアシュレン様を交互に見る。その隣で、なぜかアイシャは眉を吊り上げ拳を握りしめていた。

「それにライラは研究者としても優秀で、我が研究室に欠かせない人物」

質問に答えず、自分のペースに持ち込むのはアシュレン様得意の話術。こうなれば彼の独壇場だ。

「研究者？　ライラは雑用係としてそちらの国に行ったのでは？」

「まさか、俺はライラを研究者としてスカウトしたのです。そしてその才能は俺の想像を優に超えるものでした」

「そんな。ライラは女だぞ？　研究などできるはずがない」

「どうして女性だとできないのですか？　現にライラは小麦の大量枯れの原因をつきとめ、その解決法を確立しました。おかげで長雨だったにも関わらず、カニスタ国は今年も無事小麦の収穫を終えた」

その言葉に真っ先に反応したのは、少し後ろでことの成り行きを見ていたカーター様だった。鋭い形相でツカツカと私に駆け寄ってくる。

「ライラ、お前、俺の研究を盗んだのか！　この恥知らずが」

「まさかそのようなこと。私はあの夜会のあと、直接カニスタ国に行きました。研究資料を持ち出す機会はありません」

「そんなもの、あの研究に関わっていたのだから覚えていることも……」

「あら、私は雑用をしていただけ、研究には一切関わっていないはずでは？」

カーター様は顔を赤くし、口をハクハクさせる。まさか、こんな大勢の人がいる前で本当のことは言えないでしょう。

ざわざわと、突如周りが騒ぎ始めた。

どうしたのかと周囲を見ると、第二王子殿下がこちらに向かって歩いてくる。どうして殿下がアイシャの結婚式に、と不思議に思い両親を見ると、二人とも虚を衝かれたような顔をしていた。これは予想外の登場らしい。

「その話、詳しく教えてくれ」

現れた第二王子殿下に私は慌てて頭を下げる。カーター様も驚いたように頭を下げながら後ろに下がった。

「あの農薬を散布しているのにも関わらず、国内で小麦の大量枯れが始まったという知らせが来た。それで急ぎ、カーターにあの農薬について詳しい話を聞きに来たのだが……。アシュレン殿、カニスタ国では今年も豊作だったというのは本当か？」

「はい、本当です。詳しくはライラに説明させましょう」

アシュレン様が目線で私に説明を促す。第二王子殿下は女の私が出張ってきたことに不快感を露にしたけれど、気にせず話すことに。

「私の調べでは、小麦の大量枯れの原因は菌の繁殖ではありません。この辺りの山の山頂付近にある地層には、小麦にとって毒となる成分が含まれていることが分かりました。大量の雨が降り、その地層まで雨水が及んだ時に大量枯れが起こります。そして、この原因に対する解決策も発見し、カニスタ国では前年同様の収穫量を得ることができました」

「ということは、カーターの作った農薬では小麦の大量枯れは防げないということか」

「既に枯れ始めたのであれば、これから国内にどんどん広まっていくと思われます」

私の言葉に第二王子殿下だけでなく、集まっていた人々が息を呑む。そしてざわざわと騒ぎ始めた。領地で小麦を作っている貴族は青ざめ、商人達はどこから輸入するのがいいか相談し始める。

「まさかそのようなこと！　第二王子殿下、ライラは所詮女。こんな研究結果、当てにはなりません。しかもカニスタ国の研究室の室長は女性だというではありませんか。愚鈍な女が仕切る研究室の開発など信じては……」

「おいカーター、お前、室長が誰だか知っていてそのような無礼な発言をしているのか⁉」

カーター様の発言を遮る第二王子殿下の怒声が会場に響いた。

「と、言いますと……？」

第二王子殿下の剣幕に狼狽えながらカーター様が聞けば、さらにその視線の圧が強まる。

「薬草研究室の室長をしているのは、カニスタ国王の姉君だ。お前は伯爵家の分際で、他国の王家の血を引く者を公の場で愚弄したのだ」

……室長が国王陛下のお姉様？

どういうことかとアシュレン様の横顔に問えば、無言で不敵な笑みを返され、カッと頭に血が昇る。

ずっと一緒にいたのに私だけ知らなかったなんて！

どうして誰も教えてくれなかったの？

フローラさんやティックも、聞いても言葉を濁すだけだったし。

薬草課の人達や騎士団の方々は……もしかしたら、彼らは私が知っていると思っていたのかもしれないけれど。

でも、でも。誰か教えてくれてもいいのでは？

「ライラ、落ち着け、俺とて言いたかったのだ。しかし、母は父を深く愛していたからか、ナトゥリ侯爵夫人であることにこだわり、元王女として扱われることを嫌っている。その徹底ぶりは、異国の要人が来ても元王族だと決して名乗らないほど。それ故、皆母の意志を尊重し、王族であることを口にしないのが暗黙の了解となっている。とはいえ、やはり与える影響は大きいのだが」

騎士団にも文官にも話を通し、あまつさえ王族まで動かせたのは室長だから。

そう考えると、今までの疑問がストンと腑に落ちた。

でも、やっぱり解せない。

それに、とふと思った。

現国王陛下には王女殿下が一人。これは国としてはかなり危うい。王女殿下に何かあった時のためにスペアを用意するのが国としては当然。その場合、王位継承権第二位は誰になるのか。

室長は王族を離れ侯爵家に嫁いだので除外。

ナトゥリ侯爵様は、侯爵家を継いでいらっしゃるのでこちらも除外。誰かが持ち上げれば可能性はあるけれど、今の段階で正式な継承者になっているとは考えにくい。

だとすれば、答えは一つ。

恐ろしいことだけれど、それしか考えられない。

今度こそはと腕をぐいっと引っ張り問いただせば、これは誤魔化しきれないとアシュレン様は苦笑いで頬を掻く。

「なに、あくまでもスペア。名ばかりの王位継承権だ」

いやいや、名ばかりって。

だってアシュレン様にはれっきとした王族の血が流れている。それも十分濃いものが。そして、それはナトゥリ侯爵様やカリンちゃんも同じで。

私は軽く目眩を覚える。

教えてよ、と叫びかけて気づいた。

アシュレン様はきっと、ずっと、私が何も知らないことを楽しんで見ていたに違いない。

「ところでカルロス殿下、カーター殿が夏に流行る病に効く新薬を作られたとか」

カルロスとは第二王子殿下のお名前。面識があるのだと今更ながらアシュレン様の立場を理解する。

「ああ、カニスタ国にも輸出した。俺が認可した特効薬だ」

「あれは毒です。すぐに製造を中止させるのが得策かと」

「何を!!」

突然の言葉に私も目を白黒させる。そもそも特効薬の話なんて聞いたことがない。

「我が国で流通させる前に調べました。すると、完全に乾燥させてから使用しなければいけない薬草が、生乾きのまま使用されていることが分かりました」

「それが毒になると？」

「はい。服用した時は目立った副作用はありません。この毒は血管の中に潜り込んで血液を養分として増殖し、徐々に体力を奪い最終的には死に至らしめるのです」

第二王子殿下の顔色がさっと変わる。震えだしたと思うと、突如カーター様に摑みかかった。

「おい！　アシュレン殿の言うことは本当か？　俺の娘は一週間前にあの薬を服用したのだ。流行り病が治り安心していたが、昨晩から体調が優れない」

それを聞き、集まっていた人達がざわつく。

「俺の息子もそうだ。あの薬を飲んで確かに下痢は収まった。でも日に日に顔色が悪くなっていく」

「私の祖母もそうよ。今ではすっかり寝込んでしまったわ」

始めは小さかった囁きが、どんどん大きくなり皆の厳しい視線がカーター様に向けられる。

それと同時に第二王子殿下の顔色は蒼白なものへ。

周りの声を受けながら、アシュレン様が一歩前に出た。

「ご安心を。助かる方法はあります」

「それはどのような⁉　対価はいくらでも払う！　娘を助けてくれ‼」

夜会で見たぞんざいな態度はどこへやら。第二王子殿下は涙を浮かべながらアシュレン様に縋りついた。

「小麦の大量枯れの調査に行った時、偶然ライラが貴重な薬草を見つけました。それを材料とし、従来の何倍も効く解毒薬を作ったのですが、偶然それが馬車にあります」

「そこの女が作ったのか……？」

「ええ。小麦の大量枯れを防いだ、我が国の優秀な研究者が作りました。馬車にはもちろん、船にも大量の解毒剤と薬草を積んでおりますので、そちらをお渡しすることも可能ですが……どうされますか？」

第二王子殿下は戸惑いを隠せないまま瞳を閉じ、暫く黙考したのち私の元へ歩み寄ってきた。

「ライラ・ウィルバス令嬢、貴女は優秀な研究者だ。俺は性別ばかりに囚われ、貴女という大きな財産を失ってしまった。かつての夜会での非礼を詫びる。どうか娘を助けて欲しい」

「……謝罪をお受けいたします」

私は真っ直ぐ顔を上げ、凛と微笑む。

頬を染め恥じらうのも、謙遜するのも、可愛らしく笑うのも、そんなのらしくない。

女とか男とかそんなこと関係なく、一人の研究者として認めてもらえたことを誇りに思う。

アシュレン様の命で、従者が馬車から解毒薬を持ってきた。それを受け取ると、アシュレン様と第二王子殿下は早馬で急ぎ王城へと向かわれた。

私も、馬車であとを追おうとした時だ。

「ではこれで、やっと私たちの結婚式ができますわね!!」

間の抜けた言葉が響き、誰もが我が耳を疑った。

しかしアイシャはやっと自分に注目が集まったことに満足げに微笑む。

「アイシャ、何を考えているの？　貴女達が作った新薬が人の命を危険に晒しているのが分からないの？」

「おねえさまこそいい加減にして。私が主役なのがそんなに気に入らないの？　今日は私とカーター様の結婚式なのよ、そこまでして仲を裂きたいなんて見苦しいにもほどがあるわ」

あの状況をどう解釈すればそうなるのか。

小麦の大量枯れが起こり、新薬の副作用が分かった今、どうして結婚式ができると思えるのだろう。

「カーター様、新薬の副作用は調べられたのですよね？」

「もちろん」

「それはご自身で？」

「いや、アイシャに頼んだ。アイシャ、新薬に問題はなかったのだよな？」

案の定、アイシャは困ったように眉を下げ目を潤ませながら首を振る。

「副作用って何ですか？」

その言葉は致命的だった。

小麦の大量枯れの発生、杜撰な新薬の開発、それによる激しい副作用。

周りからはもはや遠慮なく罵声が飛び交い始めた。

「お前たちはそれでも研究者なのか？」

「人を殺すつもりか？」

祝福とは程遠い言葉にアイシャは戸惑い、泣いて誤魔化そうとするも批判は止まらない。

カーター様は膝を折り床に突っ伏したまま動かなくなってしまった。

私は混沌とし始めたその場を離れ馬車へと向かう。

もうこの場所にいる意味はない。

だからそのあと、結婚式がどうなったかは知らない。知りたくもないわ。


アシュレン様を追いかけ王城に行った私は、事情を聞き門前で待っていた侍女によって、第二王子殿下のご息女の部屋へと案内された。

既に解毒薬は飲まれたらしいけれど、まだ苦しそう。

「これでも俺が来た時より幾分か呼吸が楽になっている。朝までには回復するだろう。今しがた船に使いをやり、残りの解毒薬と薬草を持ってくるよう手配した」

「それでしたら、私に解毒薬を作らせてください。薬草研究所内はどこに何があるか熟知しています」

私の申し出に第二王子殿下は即座に頷いてくれた。


久しぶりに入った薬草研究所は、私の記憶よりずっと雑然とし埃っぽい。

至る所に書きかけの書類が置かれ、隣の実験室に行けば流し台に使用済みのビーカーが積み重ねられている。

それらを洗い、調薬できるスペースを作ったところで、アシュレン様が薬草を持って部屋を訪れた。

「ライラ、手伝いたいところだが、俺は第二王子殿下のご息女の傍にいようと思う」

「はい、そうしてください」

「回復されたあとはジルギスタ国王陛下も交え、小麦と解毒薬の輸出について話し合いの場が設けられるだろう。事前にそれらについてカニスタ国王陛下から外交の権限を得ているから、俺が交渉にあたる」

いつの間に、ともはや呆れつつ目を丸くする。

そういえば、解毒薬を開発している時からやたらお城に出かけていた。

「渡航は絶好のタイミング、と仰ったのはこういうわけですか」

「そうだ」

悪びれることなくあっさりと答えられると、怒る気も失せるというもの。事前に教えてもらいたかったと目線だけで訴えるに留めた。

「カニスタ国にとって大きな交渉となりますね」

「ああ、ジルギスタ国より劣っているとされている我が国の、大きな転機となるだろう」

「調薬は私にお任せください。交渉はアシュレン様にしかできないお仕事なので、頑張ってください」

全く、この人はどこまで用意周到なのだろう。

私は薬を作るだけで、それを国政に活かすなんて考えたことがない。

私の言葉にアシュレン様は小さく息を呑み、次いで大きく頷いた。

「なによりの励ましと心強い言葉だ」

頼もしい笑み、でもそのあと続けられた言葉に、私ははっとした。

「カニスタ国の小麦がジルギスタ国民を救ったのなら、それはライラの研究の成果だ。ライラがジルギスタ国を救った」

――それは私がずっと気に病んでいたこと。

もしかして、そのために……という言葉は飲み込んだ。

それはうぬぼれすぎだし、もしそうだとしてもアシュレン様は私的なことだけで動く人じゃない。

「それじゃ、ライラ。やるべきことを最短で終わらせて戻ってくる」

「その頃にはきっと薬を作り終えています」

らしくない自信に満ちた台詞にアシュレン様は目をパチリとさせたあと、ふっと口角を上げ私の頭に手を置き部屋を出て行った。

翌朝、日が昇る頃、侍女が薬草研究所を訪れ、第二王子殿下のご息女の体調が回復されたと教えてくれた。聞けばアシュレン様は休む間もなく交渉に入られたらしい。徹夜明けの目をこすり、私も、と気合を入れ直す。

その後、製薬課の人がジルギスタ国で保管している薬草のリストを持って訪ねてきた。

「今、城にあるのはこれで全部だ。俺達にも手伝わせてくれ」

「ありがとうございます。では、まずこの蔦の葉の乾燥をお願いします。乾燥時間を計算しますので、少しお待ちください」

リストにあった蔦を指さし、計算式を思い出しながらさらさらとメモを書いて渡せば、製薬課の人ははっと息を呑んだあと、眉を下げ複雑な表情を浮かべた。

「どうしたのですか?」

「すまない。仕事であれだけ関わっていながら、俺は貴女のことを何も知らなかった。乾燥時間を計算していたのは貴女だったのだな。全てカーター様の力だと思い、女性というだけで貴女自身の能力を見ていなかった」

まさかここで謝罪の言葉が出るなんて想像だにしておらず、言葉を失っている私に向かい頭を下げると、製薬課の人は急ぎ部屋を出て行った。

次の日には交渉を終えたアシュレン様も調薬に加わり、私は三日ほぼ不眠不休で薬を作り続けた。

解毒薬はまだ必要だけれど、手元にある薬草は全て使ってしまい、今はジルギスタ国をあげ薬草の確保に奔走している。

とりあえずできることはやり切った。

ふぅ、と大きく息を吐きながら実験室の隅にある埃っぽいソファに座り込むと、ローテーブルを挟んで向かい側のソファにアシュレン様が倒れ込んだ。埃が舞っているけれど、もはやどうでもいい。

「疲れた。このまま寝ていいか？　ダメと言われても寝るが」

「はい。私ももう無理です」

私もこのまま一緒に寝ちゃおうと、判断能力のない頭で決断しポスッと横になった。でも、意識が遠のきそうになったところをアシュレン様に呼び戻される。

「ライラ、一応伝えておく。カーターとアイシャの結婚は破談となった。カーターは全ての責任を負って研究所の所長を首になり、業務を怠り人の命を危険に晒した罪で今は牢に入っている。アイシャは自分は関係ないと泣いたが、同様の罪で投獄された」

「そうですか」

大勢の人の命を危険に晒したのだ。罰を受けるのは当然だと思うけれど、姉としては複雑。泣き虫な妹が牢で打ちひしがれている姿を思うと会いに行ってあげたくもなるけれど、今は彼女が事実を受け止め行いを顧みる最後のチャンスだとも思う。

「第二王子殿下は、カーターの作った薬を安易に褒賞し流通させたことで、国王陛下から叱責を受けた。もとより予定していた臣籍降下が早まるそうだ。それをすんなり受け入れたのは、彼なりに反省したからだろう」

そこまで話すと急に部屋が静まり、数拍後、すうすうと寝息が聞こえてきた。

私はというと、話を聞いているうちに眠気が引っ込んでしまったので、音を立てないよう隣の部屋へ向かう。

まだ残されていた私の机からペーパーナイフを取り出し、ポケットに入れていた封筒を開ける。

くしゃくしゃになったそれは両親から私への手紙だ。

寝る間を惜しみ働く私に両親が送ってきた文面は、抗議と怒りに満ちたものだった。

彼らに言わせれば、アイシャの結婚が台無しになり投獄されたのは、全て私のせい、らしい。

諦めにも似た空しさが胸を占める。こんな状況になっても、両親が描く理想の娘は、着飾って優雅に微笑み可愛らしく振る舞うアイシャなのだ。どんなに言葉をつくしても分かり合えない溝はある。私の価値観や考え方は、彼らにとって到底受け入れられるものではないのでしょう。

机の中からペンとインク、それから書類の下敷きになっていた便箋を引っ張り出す。乱雑な机の上には手紙を書くスペースさえなかったので、さっきまでいた実験室に戻り再びソファに座る。

少し迷ったあと、私はペンを走らせた。

『お父様とお母様の望む娘になれず申し訳ありません。でも、私は自分の生き方を誇りに思っております』

もう二度と会うことはないでしょう。

ポトリと涙が一雫、手紙の文字を滲ませた理由は分からない。

あとは封筒に入れるだけ、というところで私の意識は限界を迎え、ソファに横たわった。

目を覚ました時、アシュレン様の姿も封筒もなく、身体に毛布がかけられていた。

暫くして戻ってきたアシュレン様は、「手紙は渡した」とだけ言って優しく微笑んだ。

帰りの船の上、真っ赤な夕陽が水平線に沈むのを見ていると、いつの間にか隣にアシュレン様が。

「一つ聞いてもいいですか？」

「なんだ？」

「ジルギスタ国から届いた新薬が粗悪品であると、どうして分かったのですか？」

「カニスタ国では、異国から届いた薬は全て安全を確認してから市場に流すのがルールとなっている。あの新薬を作ったのがカーターなら、念入りに調べる必要があると思っただけだ」

この数年、ジルギスタ国で新薬を開発していたのは私。だから、疑うのは理解できる。

でも、害があると分かっても、対処方法を探すのは大変だし時間も必要。なにせ新薬に使われる薬草は何種類もあり、時には数十種を超える。しかも、ジルギスタ国から薬が届く時、どの薬草を使っているかまでの情報は来ない。

そんな限られた状況の中で、あの解毒薬が使えると分かるなんて雲を摑むような話。

「もしかして密偵とか雇っています？」

「……ライラは俺をなんだと思っているんだ？」

いや、だって。腹黒なら手飼いの諜報部員とかいそうだし。一応、王族に繋がる人ですから。

「それに初めて会った時も、褒賞を受けた農薬の原料の一つが、手をかぶれさせる薬草だとご存じでした」

「やっと気がついたか。だが密偵ではない、薬草を専門に売り歩いている行商からの情報だ。だから詳しいレシピまでは分からない」

ジルギスタ国がどんな薬草を仕入れているかの情報を得て、発表された新薬の効果からどの薬草を使ったのか当たりを付けたらしい。それは豊富な薬草に関する知識があってこそできること。

「さすがですね」

「ライラほどではない」

「それで、副作用が起きていることを見越し解毒薬を船に積んだのですね。教えてくださってもよかったのに、室長のことといい、アシュレン様は秘密にしていることが多すぎます」

「すまない。ただ、解毒薬については外交の切り札でもあるから、俺のタイミングで出したかったんだ。許せ」

外交、となれば一研究員の私が口出しできることはない。

それにしても、国王陛下から外交の交渉権を得たうえでジルギスタ国に来ていたなんて、本当敵わないな。

「では、今回の外交でアシュレン様は、小麦と解毒薬の輸出を、カニスタ国にとって有利な条件で締結されたのですね」

「ああ、それに他国へ我が国の薬草研究が優れていることを吹聴するよう頼んだ。隣国より劣っているという汚名を返上する足掛かりとなるだろう」

そんな根回しまでされるだなんて、外交官のナトゥリ侯爵様も驚かれることでしょう。

カニスタ国の地位を上げるために頻繁に異国に出向いている、ナトゥリ侯爵様のお役にも立ったというわけですね。

「そういえば隣国との遅れを二年で取り戻すと仰っていましたね」

「その通りになってきているだろう」

ここまでくると、狡猾(こうかつ)なのではなく策士と言うべきなのでしょう。

改めて成果を指折り数える。

「小麦の輸出、解毒薬の輸出、カニスタ国の地位向上、今回の収穫はこの三つ。素晴らしいを通り越して強欲すぎますよ」

敢えて呆れたように言うと、アシュレン様は得意げに微笑んだ。


夕暮れの空の色は刻一刻と変化する。オレンジ色に輝く水平線に対し、頭上は藍色に変わり小さな星が輝きだした。

去年、私はどんな気持ちでこの空を見ていたのだろう。

夜会から連れ去られるように船に乗ったあの日、私の胸にあったのは絶望と微かな希望だった。

「何を考えているんだ？」

「昨年のことを。ただひたすら研究し、誰にも認められず、可愛げがないと妹と比べられ毎日が重く辛かった。両親の理想の娘にもなれず、やりたい研究もできない。ただ、毎日命じられた仕事をこなし、あのままだと遅かれ早かれ私の心は壊れていたかもしれません」

今思うと、よくあの環境で頑張れていたと思う。研究が好きというその気持ちだけでは、そのうち限界も来ていたでしょう。いえ、限界が来たから私は船に乗ったんだ。

突然現れ、新薬の開発者は私だと見抜いたアシュレン様に差し出された手が、一筋の光のように見えた。

「あの時、アシュレン様の手を取ってよかったです」

「俺も、ライラに声をかけてよかった」

「随分手馴(てな)れていらっしゃいましたよね」

「いや！　ちょっと待て。そんなふうに思っていたのか？　夜会で女性に声をかけるなんてあれが初めてだ。いったいライラの中で俺はどんな存在なんだ」

手すりにごつんと額をつけ項垂れてしまったアシュレン様の銀色の髪を、潮風がはためかせる。そのまま少し顔をこちらに向けると、アイスブルーの瞳でじとりと睨んできた。

「私の中のアシュレン様ですか？　腹黒で意地悪で、隠し事が多くて、秘密主義で……」

「ままて、それでは碌でもない男ではないか！」

「でも優しくて、私の考えや想いを尊重してくれ、認めてくれます。信頼してくれて、任せてくれて、そして困った時は必ず助けに来てくれる」

夕陽にとってかわった月明かりは仄かで頼りないのに、アシュレン様が頬を染めているのがはっきりと分かった。地平線に沈んだ夕日のように耳が赤くなっている。多分私も。

「カニスタ国に来て、私はこのままでいいのだと思えました。沢山の優しさに包まれ、支えられ、見守られ、生まれて初めて自分の居場所を見つけることができたのです。アシュレン様、あの時私に手を差し出してくれてありがとうございます」

「それは俺の台詞だ。俺の手を取ってくれてありがとう」

そう言うと、綻ばせた口元をきゅっと引き締めた。少し寄った眉根から何を言おうとしているか察しがつく。

「……これからもずっとカニスタ国で暮らす、それでいいのか？」

「はい、ジルギスタ国に心残りはありません」

両親に手紙を渡した時、どんな反応だったかアシュレン様は話していない。

きっとそれが答えなのだと思う。彼らの中にある理想と私の生き方はきっとこれからも平行線のまま。悲しいけれど、自分以外の人間の考えを変えるのは難しい。

だから私は自分の考えを変えることにした。たとえ両親の期待に応えられなくても、自分に誇れる人生を歩きたい。


「……さっき、今回の収穫は三つだと言ったよな」

「はい。一石三鳥、さすがです」

再び指を三本折り曲げた私に向かって、アシュレン様は小さく首を振った。

「いや、まだある。俺にとっては何よりも大きな収穫が」

「これらを超えるようなことが、ですか？」

どれだけ私に秘密にしていることがあるんですか、もうここまで来ると呆れを通り越して苦笑いしかない。やれやれ、と胡乱な目をした私に対し、アシュレン様が返したのは真剣な眼差しだった。

「四つ目」

そう言うと、私の薬指を優しく折り曲げ――そこに口づけを落とした。

突然のことに驚き手を引こうとするも、アシュレン様は離してくれない。

狼狽えながら見上げると、微笑むアシュレン様と目が合った。その笑みは蕩(とろ)けるように甘く、私の混乱は増すばかり。

「ライラのご両親に会った時、求婚の許可を得た」

求婚の許可？

予想もしなかった言葉にぽかんと口を開けてしまう。

話の方向が変わりすぎて、不意打ちにもほどがあるというもの。

目をパチパチさせる私の前で、アシュレン様は片膝を折り跪(ひざまず)くと、左手を掬い上げた。

海風が銀色の髪を靡かせ、月明かりの下輝く。

「ライラ、愛している。俺と結婚して欲しい」

まっすぐに向けられたアイスブルーの瞳。

熱の篭った潤んだ視線から目が離せない。

まるで全身で私を請(こ)いているように見える。

告げられた言葉はすぐには理解できなくて。

心の中で何度も反芻(はんすう)し、ようやく意味を理解した。

次いで、溢れんばかりの喜びが全身をかけ巡る。

心臓が早鐘のように鳴り響き、足が地についていないかのようにふわふわして。

「愛している」その言葉にこれほど心を動かし、幸せな気持ちにさせる力があるなんて。

「はい、私もアシュレン様を愛しています」

だから気づいた時には同じ言葉が口から零れていた。

まるで少年のように相好(そうごう)を崩すアシュレン様。私の言葉が同じように幸せを与えたなら、それはとっても素敵なことのように思う。

立ち上がったアシュレン様は、喜びを閉じ込めようとせんばかりに私を胸に抱きしめた。

「これからもずっと一緒に暮らそう。ライラのいない人生は考えられない」

「それは私も同じです。私が帰る場所はアシュレン様のもとしかありません」

アシュレン様と出会って私の人生は変わった。

沢山の人に出会い、優しさに触れ、認められ、研究者としての誇りを持つことができた。

相変わらず可愛げはないかもしれないけれど、私は私らしく生きていいのだと思えた。

意地悪なところも、優しいところも、いつも私を大切にしてくれるところも、全てひっくるめて私はアシュレン様を愛している。腹黒だって受け止めよう。

アイスブルーの瞳が近づいてきて、私は瞼を閉じる。

優しく熱い唇が触れ、数秒、名残惜しそうに離れた。

でも、私の身体に回された腕の力はちっとも緩まない。頬に感じるアシュレン様の早い鼓動。きっと私のドキドキも伝わっている、そう思うと恥ずかしくて身じろぎするのに、腕はぴくりともしない。

「アシュレン様、離してください」

「嫌だ」

拗ねた子供のような口調に思わず目を丸くする。するとさっきより強い力で抱きしめられた。

「俺がこの時をどれだけ待ち望んでいたか、どれほど我慢したか分かっているのか？」

「えっ、待ち望む……我慢？」

なにやら不穏な言葉が混じっているような。

少し身を屈めたアシュレン様の息が耳にかかり、くすぐったいし恥ずかしい。身もだえしていると、今度は大きく息を吸う音が聞こえた。

「ライラからはいつも甘い匂いがする」

「薬草の匂いの間違いではありませんか？」

薬草臭いと言われたことはあっても、甘いは初めて。うん？　そういえば去年の冬によく似た言葉を聞いたような気も。

「あの、そろそろ離してください。恥ずかしすぎて倒れます」

「倒れたら抱えてベッドまで運んでやろう」

「前言撤回します。絶対倒れません」

もう限界と胸を押すと、やっと離してくれた。

軽く睨む私に向けられたのは、蜂蜜を溶かしたような甘い微笑。見慣れないその顔に思わず視線を下に向ければ、頬に口づけが落とされた。

「アシュレン様！」

半歩退き、柔らかな感触が残る頬に手をあて、今度はキッと睨めば、そこにあったのはいつもの腹黒い笑い。

「俺から視線を逸らすライラが悪い。これからは隙あらばだ」

「そんな宣言しないでください」

あー、もう。真っ赤になる私を楽しむようにアシュレン様が笑う。でも、それが照れ笑いだってこと、私だって分かっていますよ。

少しぎこちない空気を恥ずかしく幸せに感じ、夜空を見上げれば、無数の星が煌めいていた。

でも、これから私達が作る思い出の数は、きっと夜空の星より多い。

だって二人の物語は始まったばかりなのだから。

書き下ろし
番外編

帰国してからの日常

二週間ぶりに帰ってきた息子は、夜遅くにも関わらず意気揚々と本邸にある私の部屋を訪ねてきた。出国前に国王陛下から話は聞いていたし、従者からの手紙で事後報告も受けている。とはいえ、ヤキモキとしてしまうのは母親の性というもので、この半月胃が痛み気が気ではなかった。

ちなみに本人からの詳しい説明は最後までなかったけれど、そういうところは父親似ね。

でも、あらゆる心配は杞憂に終わり、私の前に座った二人から幸せな報告まで聞くことができた。正直やっと、という気がしないでもないわ。まさかアシュレンが奥手だったなんて思わなかったもの。まぁ、研究に打ち込むライラの一番傍に居たからこそ、言えなかったこともあるのでしょう。

もちろん反対する理由なんて何もなく。両手を上げて喜び、いざ具体的な話をとなったところで、ライラがおずおずと「婚約期間を一年以上設けて欲しい」と言ってきた。

「ジルギスタ国では十五歳前後で婚約が決まるのが通例です。その後、結婚が現実的になると、女性は一年、もしくは二年ほど婚家と生家を行き来し、嫁ぎ先の女主(おんなあるじ)の仕事や習慣を義母となる人から学ぶのが習わしです。同じ家で暮らしながら、婚約者やその家族と親交を深めていく期間でもあります」

「それがジルギスタ国の習わしなのね」

問えば、小さく遠慮がちに頷く。その隣では、さっきまでの威勢はどこへやら。アシュレンががっくりと項垂れていた。

そうよね、とここは苦笑いを堪えられず。正直同じ家で一年間を共に暮らし、品行方正にしていた息子は立派だと思う。それをさらに一年、女の私でも可哀そうに思ってしまうけれど。

「分かったわ。ここはライラの意思を尊重しましょう。いいわね、アシュレン」

「……はい」

あらあら、普段はふてぶてしいほどのポーカーフェイスなのに。子供のような膨れっ面で不承不承、息子は頷いた。

二人を玄関先まで見送り、明日はゆっくり休みなさいと伝える。

並んで別邸へ向かう背中を見送りながら、ライラがジルギスタ国に置いてきたものを想い、二人の幸せを願わずにはいられない。

空を見上げれば、雲の合間からちょうど月が出てきた。亡き夫の笑顔がなぜか浮かび、久々に彼が好きだったワインを開けようと独りごちた。

＊＊＊

無事婚約の報告を終え、張り詰めていた気持ちをふぅ、と吐息と一緒に吐き出す。

侯爵邸は広く、本邸から別邸まで歩いて十五分ほどかかる。これを毎日のように走ってくるカリンちゃんは元気だ。既に寝ていて会えなかったので明日会いに行こうと思うも、それより先にカリンちゃんが起こしに来そうな気がする。

ほっこりとした気持ちで歩く私とは対照的に、月明かりの下でも分かるぐらい、アシュレン様は拗ねていた。原因は言わずもがな、一応自覚もある。

私の価値観を押し付ける形になってしまい申し訳ないとは思いつつ、普段見ることができない表情をついつい盗み見てしまう。図太くなったと自分でも思う。間違っても可愛い、なんて本音は言わないけれど。

「……そもそも一年も一緒に暮らしているのだから、慣れるも何もないだろう」

明らかに不貞腐れた声音に、苦笑いが漏れてしまう。それを気づかれぬようきゅっと唇を引き締める。

「まあ、そうなのですが」

「それにライラはナトゥリ侯爵家に嫁ぐのではないのだから、母上から教わることは何もないだろう?」

ナトゥリ侯爵家は侯爵以外にも伯爵位を持っており、アシュレン様は結婚と同時に伯爵位を名乗ることになっているらしい。領地はあの湖周辺の土地を侯爵様から引き継ぐと聞いた。

「ですが領地も頂くのです。領地経営もやらなくては」

「そんなもの、今まで兄の代わりに俺がしていた。むしろ結婚して伯爵となれば、管理する領地が減り楽になるぐらいだ」

「えっ？　初めて聞きましたが？」

私が眉間に力を込めると、アシュレン様は言わなかったかなぁ、と頬を掻く。その惚けた表情に顳顬がピクリと引き攣る。この人は私に求婚しておきながら、そういうことは何も話してくれない。

「また、私に黙っていたのですね。この調子では知らないことがポロポロ出そうなので、やはり一年の婚約期間は頂きます」

語気を強めて言えば、うぐっと唸る。唸りながら目線を彷徨わせているので、他にも何か出てきそうな予感が。ここはさらに念押しと「絶対に一年頂きます」と釘を刺しておいた。

私だってカニスタ国で一年も過ごせば、この国の習慣を知る機会も自ずとあるというもので。カニスタ国では両家の了承をとれば、早ければ二ヶ月、遅くても半年後には式を挙げる。それは、政略結婚より恋愛結婚が多く、婚約に至るまでの恋人期間でお互いの人となりが分かっているというのもあるらしい。

結婚後も仕事を続ける女性が多く、家に嫁ぐという感覚がジルギスタ国より薄いというのも特徴のよう。もちろん私も仕事を続けるつもりだし、アシュレン様に言えば喜んで頷いてくれた。

仕事を続けることに何ら異論のなかったアシュレン様でも、婚約期間については不満があるようで。分かったと言った割には未だにムスッとしているし、心持ち頬も膨らませているような。

うー、仕方ないな。

この件に関しては、私が我儘を通しているという自覚もある。

敢えて室長の前で話したのも、二人の時に切り出せば言いくるめられそうだったからで。

だからちょっと、いえ、かなり戸惑いつつ。

私は初めて自分から手を伸ばし、一回り大きな手に触れた。

ビクッと足を止め、目を丸くし見おろすその顔を、上目遣いで躊躇いがちに見る。

「わ、私は。婚約者がいたことはありますが、一緒に出かけたり、お茶をしたり、買い物に行ったり、そういう……この国の、こ、恋人達がしていることをしたことがありません」

慣れないことをしているせいで、声が上擦る自分が情けない。でも、どうして婚約期間が欲しいと思ったのか、その理由はちゃんと伝えるべきで。

「結婚してからでもできる、と言われればそれまでですが、そこは微妙な乙女心だと理解してください」

「乙女心……ライラが？」

まるで初めて聞いた単語のように不思議な顔で呟くのはなぜ？　思わず目を眇めて見返して

しまう。私のことをなんだと思っているのでしょう。

「だから、結婚する前にそういう時間も欲しいと思って……いるのです」

真っ赤になりながら絞り出した言葉が静かな夜の庭でやけに響く。

シン、と静まる中、葉が擦れる音だけがカサカサ鳴り、漂う沈黙に耐え切れず目線を上げれば——手で顔を隠し耳まで赤くしているアシュレン様がいた。

「……あの、もしかして照れていますか？」

「なっ、照れてない！　分かった、ライラの気持ちは分かったから、一年間の婚約期間を設けよう」

私の言葉に被り気味に言うアシュレン様。珍しく焦った口調に目をパチクリさせていると、はあ、とため息を吐きつつ指の間から私を見るアイスブルーの瞳と目が合う。

まるで観念したかのようにゆっくり手を下ろすと、そのまま私の髪に触れてきた。

「確かに、それも悪くない。デートして買い物して、宝石でもドレスでも好きなものを買えばいい」

「いりませんよ。それより本や、ちょっと可愛いペンや……そうだ、アシュレン様に手袋を買いましょう。いつも寒そうです」

「どうしてそこで俺になる」

やっといつもの苦笑いが見れて、私の頬が緩む。

「ま、そうだな。それも悪くない」

「はい」

「考えようによっては面白いかもしれん」

「……はい？」

唇の片端を上げたその笑みも、これまた見慣れたものだけれど。

どうしてかな、肌がチクチクと危険信号を発している。

「とりあえず帰ろう、俺たちの邸へ」

出された手に自分の手を重ねると、逃がさんとばかりに引き寄せられた。

勢いそのままに、ぽすんとアシュレン様の胸に頬をつけると、額に口づけが落とされる。

思わず真っ赤な顔で見返せば、月を背景に意地悪く細められたアイスブルーの瞳。

「確かに、こんな初々しい反応は結婚しては味わえないかもな？」

「アシュレン様？」

「ライラが言ったんだぞ？　恋人がするようなことをしてみたいと」

「何かニュアンスが変わっているような気がするのですが？」

「誤差の範囲だ」

その言葉と同時に私の唇に柔らかく温かい感触。これを誤差の範囲で片づけられては、と思うのに、全身に伝わる幸せに抗うことはできず。私はそっと逞しい背に手を回した。

ジルギスタ国から帰ってきて数ヶ月が経った。

季節は冬。雪がちらつくことは稀だけれど、朝は息が白く暖炉の薪は絶やせない。

今年の冬は自室で過ごすより、リビングで過ごす時間がぐっと増えた。仕事から帰ったあとの大半の時間は、そこでアシュレン様と二人で過ごしている。

もともとカニスタ国に夜遅くまで残って働く習慣はない。もちろん、ジルギスタ国でも私のように深夜まで働いたり徹夜をする人は稀だけれど。

護衛騎士や一部の侍女を除いて、お城勤めの文官や薬草課、私達は基本的には残業をせず五時になれば帰宅だ。その時間になれば、託児所からは両親に手を繋がれ、楽しそうに今日あった出来事を話す子供たちの声が聞こえてくる。

子供のいる一般家庭は帰ってからも料理や洗濯、子供をお風呂に入れたりと忙しいらしいけれど、私とアシュレン様には侍女や料理人がいる。カリンちゃんの相手をするくらいで、あとは二人だけの時間なのだ。

そう、二人だけの時間。

なんだか聞こえはいいかもしれないけれど。いいはずなのだけれど。

最近の私の悩みは、やたら距離が近いアシュレン様だ。

暖炉の前の床に沢山のクッションを重ね即席であしらえたソファで、今日も私達は並んで本を読んでいる。やけに冷えるなと思ったら、外では珍しく雪が降り始めていた。

「アシュレン様、雪が降ってきました」

「どうりで寒いはずだ。薪を増やそうか」

数歩先に積んである薪を二本暖炉にくべ、火ばさみで軽くつつけば、火の勢いはぐっと増した。ついでとばかりにアシュレン様は侍女を呼び、ホットミルクとブランデーも頼んでくれる。

「ありがとうございます」

「膝かけも使えばいい」

ソファから持ってきてくれた毛布を私の膝にかけてくれたけれど、一緒に使おうと思って広げ、アシュレン様の膝にもかける。

無意識にしてしまってから、まずいと気づくも今さら遅い。自分で距離を縮めるようなことをするなんて。

さりげなくスゥと離れようとしたところを、腰に回された手で引き寄せられる。

どうやら逃げそびれてしまったようで。

「あの、アシュレン様、最近思うのですが、距離が近くありませんか?」

「婚約期間を堪能中だから問題ない」

「これでは本が読みにくいです」

「ならば二人で一つの本を読むというのはどうだ？　婚約期間中だし」

～～!!

これは絶対婚約期間を根に持っている。

結婚まで一年待つと言ってもらい喜んだのも束の間、まるで私の弱みに付け込むように終始この調子だ。絶対わざとだ！

「怒っていますすよね」

「何がだ？」

「ですから、婚約期間を設けたいって言ったことです」

「まさか、こんなに堪能させてもらっているのに怒るはずがないだろう」

そう言って、さらに私を引き寄せニヤリと口角を上げる。

頬を赤らめれば、その反応を楽しむように意地悪く目を細めるのだから、本当手に負えない。

腹黒だ。この人はどこまでいってもぶれない腹黒だ。

私が口をあわあわさせていると、飲み物を持ってきた侍女が何かを察したのか、そっと速やかに置いて出て行った。よくできた侍女をこの時ばかりは恨めしく思う。

飲み物が置かれたテーブルは、通常であれば病人がベッドの上で食事をする際に使う簡易の小さいもの。大きさ、高さが丁度いいので、この冬は暖炉の前に常設となっている。

「ホットミルクにブランデーを入れても身体が温まるんだけれどな」

琥珀色の液体を暖炉の火で透かし見ながらアシュレン様が教えてくれる。子供っぽいと思っていたホットミルクにそんな飲み方があったなんて。

「アシュレン様、そのブランデー、少しだけミルクに入れてください」

一口飲んだカップを差し出せば、思いっきり眉を顰め、嫌そうな顔をされた。

えっ、そんなに。まだ酒瓶には沢山おかわりが残っているのに。

「駄目だ」

「グラスのブランデーが減るのが嫌なようなので、私は酒瓶から頂きます」

むっとしながら手を伸ばせば、腕を摑まれ抱きかかえられてしまった。

「絶対駄目だ」

「どうしてですか?」

「俺の諸事情とライラの身の安全のため。婚約期間中、酒は禁止だ」

「諸事情?　身の安全?」

意味が分からず復唱するも、アシュレン様は何も教えてくれない。ただひたすら私をぎゅうぎゅうと腕の中に閉じ込める。

でもなぜか本能が飲むなと訴えてくるような。

それは忘れている私の記憶が危険信号を発しているようでもあり、整った横顔を眺めながら、ここは素直に頷くことにした。

書き下ろし
番外編

教会の鐘の音

季節が流れるのは早く、外は急に春めいてきて、もう薪の出番もなさそうだ。

沢山のクッションで作った即席ソファも今日で終わりかな、とポスッとクッションを叩いていると、アシュレン様の声がした。

「ライラ、何をしているんだ。時間がないぞ」

「はい、すぐに行きます」

摑んだクッションをソファに置いて、私は小走りで玄関に向かう。

「晴れてよかったですね」

昨日まで降っていた雨がカラリと上がり気持ちのよい風が吹く。

空に雲は残るものの、青い空に白いコントラストが爽やかで、見上げながら両手を伸ばす。

「では行くか」

「カリンちゃんは？」

「先に母と向かった。何度も母相手に練習して、本番もばっちりだと胸を張っていた」

「それは頼もしいですね」

「いや、むしろ不安だろう」

眉根を寄せるのは可愛い姪っ子を思うからで。私の目に映るカリンちゃんはしっかり者だから、大丈夫だと思うのだけれど。

差し出された手を取り馬車に乗り込むのも、すっかり慣れたもの。

ガタガタと小さな揺れに身を任せ、私達はお城とは逆の方向へと馬車を走らせた。

教会の鐘がカーンカーンと心地よい音を辺りいっぱいに響き渡らせる。

その鐘の下、主役の二人は参列者からの拍手と祝いの言葉を身にいっぱい浴び、ゆっくりと教会から姿を現した。

先程、神の前で夫婦としての誓いを立てた二人は、祝福の言葉に笑顔で返し、お互い見つめ合っては幸せそうに微笑みを交わす。

参列者の間にできた道を進む二人の後ろに付くのは、真っ白なドレスの長い裾を誇らしげに持つ小さな女の子。ピンと背を伸ばし、一センチのヒール靴の踵(かかと)を嬉しそうに鳴らしながら歩いていく。

途中、見知った顔を見つけたのか、片手を離して小さく手を振る余裕すらある。でも、振られたほうは気が気ではない。

「あぁ、カリン。ちゃんと前を向いて！　ウエディングドレスの裾を踏んじゃ駄目よ」

「待て、今転びかけなかったか」

私の隣で室長とアシュレン様が冷や冷やとその後ろ姿を見送っていた。

「それにしても、あの二人が結婚なんてなぁ。突然研究室で求婚した時は驚いた」

眩しそうに目を細めるアシュレン様の視線の先では、友人に囲まれ笑うフローラさんとティック。

「あら、でも以前から仲がよかったじゃないですか、あの二人」

「ライラは知っていたのか？」

「何をですか？」

「いや、だからフローラとティックが恋人だったって」

当然とばかりに私が頷くと、アシュレン様は仰反り目を見開く。

どうしてそんなに驚くのか、むしろ私のほうが不思議だ。

「二人で街中を歩いているのを何度も見かけましたし、カフェでお茶もしていましたよ」

もちろんそんな二人に声なんてかけず、そっと見守るに留めておいたのだけれど。

「知らなかった……母上は？」

「薄々、といったところかしら。アシュレン、貴方自分のことに精いっぱいで周りを見ていなかったんじゃない？」

顔を見合わせる私と室長に対し、悔しそうなアシュレン様。

私も詳しく聞いたわけじゃないし、研究室では世話好きの姉と手のかかる弟のような二人だけれど、街で見かけた時はティックがエスコートしていた。カフェの扉を開けるティックの顔はちゃんと男の人だったもの。

そう伝えれば、他人には鋭いのだなと妙な褒め方をされた。

えっ、褒められたのよね？


友人達が離れた頃合いを見計らって、私達も主役のもとへ。

「おめでとう、フローラさん、ティック」

「ありがとうライラ」

赤い髪を幾重にも三つ編みで纏め、白い花が散りばめられたフローラさんは、きらきらの笑顔で眩しいほど。

その足元で、カリンちゃんが白いドレスの向こうから顔を覗かせる。

「カリンちゃん、フローラさんとっても綺麗だって思わない？」

「うん！　お姫様みたい!!　あのね、お姫様は王子様のキスで目覚めるけれど、ティックは起きているフローラにキスしていたわ」

「ハハハ。カリン、それは誓いのキスだからだよ」

アシュレン様の笑いに、カレンちゃんはことりと首を傾げ、次いでポンと納得するよう頷いた。

「お父様とお母様と同じってことね！」

「……兄は子供の前で何やってんだ」

ちょっと赤い顔をしたフローラさんとティック。微笑ましいやりとりに笑いを零していたのだけれど。

「そいえば、アシュレン様はクッションのソファで寝ているライラにキスしていたね。ライラが起きなかったのはキスがほっぺだったから？」

……とんでもない爆弾が落ちてきた。

えっ？　寝ている私？

それっていつのこと？

心地よい暖炉のぬくもりと、薪が爆ぜる音に微睡んでいたことは数回あるけれど。心当たりがありすぎて隣を見れば、アシュレン様が真っ赤な顔を手で覆っていた。室長の生ぬるい視線が辛い。

「アシュレン様？」

「悪いが記憶にない」

「そんなことありませんよね？　いったい、いつのことですか」

私までつられて赤くなり、頬に手を当て問いただすも、視線は明後日の方向を向くばかり。

カリンちゃん、今指折り数えているのは何の回数かしら？

「あぁ、今日はなんだか暑いッスね」

手で顔をパタパタと扇ぐティックとフローラさん。室長も扇子を取り出してきた。

今日の主役はこの二人なのに。

「でも、アシュレン様とライラだって婚約しているのだし」

笑いを堪えながらフローラさんがフォローの言葉をくれる。

「あと数ヶ月。もう少しッスね、アシュレン様」

ヘラッとしながらアシュレン様の肩を叩くティックは、鋭く睨まれても笑っていた。

二人の婚約期間は四ヶ月とカニスタ国内では平均的。

ティックの実家は運搬業、フローラさんの実家は商いをしていて、子爵家でもある両家はもともと面識があったらしい。家柄的にも問題なく、双方からあっさりと了承をもらい、今日に至ったとか。

アシュレン様はふやけた顔で惚気（のろけ）てくるティックをフローラさんに返し、私の隣に戻ってきた。

「そういえば、結婚式でもジルギスタ国ならではの習慣があるのか？」

「ええ、でもそれは叶えられるかどうか……。夢でしたが、諦めようと思っています」

私としてはあっさりと言ったつもりだったのだけれど、それがまずかったのか、アシュレン様が眉間に皺を寄せる。

「何を諦めようとしているんだ」

「別に大したことではありません」

「いや、先程夢だと言っただろう」

私が話すまでアシュレン様は追及を止める気はないようで、ついうっかり口を滑らせたことが悔やまれる。

このまま誤魔化すのは難しいかなと諦め、私は小さく息を吐いた。

「ジルギスタ国では、花嫁は実母と作ったレースのベールを纏い、結婚式を挙げるのですが……その願いは叶いそうにありませんから」

しんみりとしたくなくてカラッと笑ってみたけれど、うまくできたかは微妙なところ。

だからもういいの、とこの話を終わらせようとしたのだけれど。

いつの間にか隣にいた室長が私の肩に手を置いた。

「ライラ、それは実母じゃないとダメなのかしら？　私もあなたの母よ。こう見えてレース編みは得意なの、手伝わせて」

「ありがとうございます。でも、あと数ヶ月ですし、室長もお仕事がありますから、お気持ちだけで十分です」

「それなら私も手伝うわ。どうしても母親じゃなきゃって言うなら諦めるけれど、でも、ライラの幸せを願いながら編むから！」

フローラさんが私の手を握る。私が頼む立場なのに、これではまるで逆じゃない、と口元が緩んでしまう。

思いもよらない申し出に、気圧されつつも温かな気持ちがこみ上げてきた。

フローラさんの言う通り、母親でなければいけない理由なんてどこにもない。

私の幸せを思いながら編んでくれたレース。それを被ってアシュレン様の隣に立てたら幸せだろうなと素直に思う。

「私も手伝うよ！」

カリンちゃんまで元気に手を挙げてくれた。小さな手に「ありがとう」とタッチする。

「では、室長、フローラさん、カリンちゃん、お願いしてもいいですか？」

「もちろんよ」

頼もしい三人の笑顔。その傍ら、ティックはカリンちゃんに何かを企むようにコソコソ内緒話を始めた。何をする気かと心配だけれどそれも楽しみね。

ちょっと涙ぐんでしまった私の手を握るのはアシュレン様。

「夢を叶えて、アシュレン様に嫁げそうです」

「待っているよ。首を長くしてその時を」

その肩にそっと寄り添えば、春風が私の髪をかき上げていった。

「うわっ、おばあ様。花びらがお空からいっぱい降ってくるよ!!」

舞い散る花吹雪にカリンちゃんが堪らず走り出し、室長が慌てて追いかける。

みんなの視線が無邪気な少女に注ぐ中。

私の額に優しい口づけが落とされた。

もう一度、鐘の音が鳴る。
それはここにいる全ての人の幸せを願って、澄んだ空に高く響き渡った。

あとがき

『虐げられた秀才令嬢と隣国の腹黒研究者様の甘やかな薬草実験室』を手に取って頂きありがとうございます。作者の琴乃葉です。

私が初めて小説を書いたのはちょうど二年前。偶然知った無料投稿サイトを見て、書きたい、と思い立ち携帯をポチポチしながら作りました。

好きなことを只ひたすら書いていたあの頃から、読者の方に楽しんで頂けるよう私なりに考え書くようになってきた頃作ったのが、この物語です。

控えめだけれど芯の強い賢いライラ。

腹黒だけれど実は優しいアシュレン。

どちらも好きなキャラクターです。恋心を持ちつつ、お互いを尊敬する姿を書いている時が、一番筆が進みました。

この物語は虐げられていたライラが、自分の居場所を手に入れるお話ですが、シンデレラストーリーではありません。

ライラに才能はあるけれど、それは人知を飛び抜けるようなものでもありません。

地に足をつけ、自分の頭で考え、努力して自らの生き方を見つける女性を書きたかった。だから、実験については出来るだけ詳しく書きました。才能だけでなく努力する姿が伝われば嬉しいです。

最後になりましたが、イラストレーターのさんど様。カラー表紙を見た時は感動し、頂いたデータを拡大しては、全体を見、また拡大を繰り返しました。緑の薬草に囲まれ、キリッといきいきした表情のライラ、優しく見つめるアシュレンが二人の関係を表していて、素敵なイラストに仕上げて頂きありがとうございます！

担当の高柳様、今作を見つけてくださりありがとうございます。電話ではついつい早口の関西弁になってしまい、聞き苦しい箇所もあったのではないでしょうか。落ち着いて話せるようになりたい。

その他、制作に関わってくださった皆様、最後までお付き合い頂いた皆様、本当にありがとうございます。

またいつか、お会いできることを願って。

琴乃葉

酔っ払い令嬢が英雄と知らず求婚した結果 ～最強の神獣騎士から溺愛がはじまりました!?～

著 長月おと **イラスト** 中條由良

魔法局技術課で仕事漬けの毎日をおくる、貧乏令嬢ヴィエラに突如降ってきたのは婿探しのミッション！　早速出会いを求め夜会へ出向くも、あえなく撃沈。婿を見つけられないなら…やけ酒に限る!!　偶然近くにいた初見の騎士ルカーシュに酔った勢いで「一年後なら離縁OK」と契約婿の話を持ちかけたところ、まさかの承諾。だが後日、ルカーシュは国の英雄だと知り——。有能貧乏令嬢と国最強の神獣騎士が織りなすマリアージュ・ラブファンタジー♡

スープの森 ～動物と会話するオリビアと元傭兵アーサーの物語～

著 守雨 **イラスト** むに

街から離れた森のほとりでスープ店を営むオリビアには、誰にも言えない秘密がある。人や動物の心の声が聞こえるのだ。そのせいで家族から疎まれ、五歳で修道院に送られるところを養祖父母に拾われ、この店に辿り着いた。それから二十年、オリビアは周囲の人間に心を閉ざして生きてきた。しかし、ある雨の朝にびしょ濡れでやってきた元傭兵のアーサーはそんな彼女に何かを感じて……!?　「スープの森」に訪れる、さまざまな出会いと別れの物語。

「好きです」と伝え続けた私の365日

著 沢野いずみ **イラスト** 藤村ゆかこ

「本日も大変かっこよく麗しく、私は胸がキュンキュンです。好きです！」「そうか、断る」自他ともに認める万能メイドのオフィーリアは、雇い主で女嫌いな美貌の公爵・カイル様に、めげずに愛の告白をしては秒でフラれる毎日。それだけでも幸せだったのに、なんとおしかけ婚約者を追い出すため、恋人同士のフリをすることに!?　カイル様のために私、全力を尽くします——たとえ1年間しかそばにいられなくても。秘密を抱える超ド級ポジティブメイドと素直になれない塩対応公爵の、必ず2回読みたくなるかけがえのない365日の恋物語。

婚約者に浮気された直後、過保護な義兄に「僕と結婚しよう」と言われました。

著 結生まひろ　イラスト 月戸

12歳のとき、キルステン侯爵家の養女となったエレア。侯爵家の長男は、エレアの初恋の人…ラルだった。侯爵家の人々に愛され、ラルに大事にされ、命が宿ったくまのぬいぐるみ・ラディと一緒に過ごす日々が、エレアは幸せだった。月日は流れ、エレアに婚約者ができたが、ある日エレアは婚約者の浮気現場を目撃してしまう。逆上した婚約者に乱暴されそうになったそのとき、ラルが助けに駆けつけた。そして、ラルはエレアにこう言った。「僕と結婚しよう」――。悲しい過去を持つエレアが、優しく、ときに重たい(?)愛に触れながら、幸せを掴んでいく物語。

軍人令嬢は年下幼馴染♂が可愛いすぎて今日も瀕死です!

著 荒瀬ヤヒロ　イラスト 黒裄

武勇を誇るスフィノーラ侯爵家に生まれた令嬢テオジェンナは、高潔かつ剛健な男装の麗人。しかし彼女には致命的な弱点が。

「あーっ!!　可愛いいぃぃぃっっ!!　私の小石ちゃんんんっ!!!!」

大好きな幼馴染・ルクリュスの可愛さに耐えられないのである。自分の想いを隠して日々絶叫し悶え苦しみながら、彼にお似合いの「世界で二番目に可愛い子」を探すテオジェンナだが、実はルクリュスが望むのはそんなことではなく、彼女との――!?

純情岩石令嬢×腹黒小石男子のすれ違いすぎるラブ狂想曲☆

婚約破棄された令嬢を拾った俺が、イケナイことを教え込む　SS集
～美味しいものを食べさせておしゃれをさせて、世界一幸せな少女にプロデュース!～

著 ふか田さめたろう　イラスト みわべさくら・桂イチホ

「イケナイ教」のこれまでの購入特典ショートストーリーなどをぎゅぎゅっと1冊に♡
・著者、ふか田さめたろうによる執筆裏話
・イラスト担当、みわべさくらによる描き下ろしイラスト
・コミカライズ担当、桂イチホによる特別コミカライズ
・小説版キャラクター設定画
などなど大ボリュームでお届けする「イケナイ教」特別編!

URL https://pashbooks.jp/
X(旧Twitter) @pashbooks

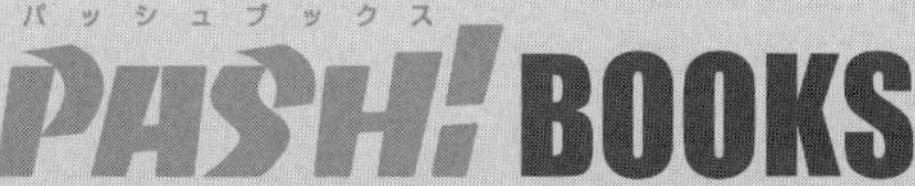

この本を読んでのご意見・ご感想・ファンレターをお待ちしております。
〈宛先〉　〒104-8357　東京都中央区京橋 3-5-7
（株）主婦と生活社　PASH!ブックス編集部
「琴乃葉先生」係
※本書は「小説家になろう」（https://syosetu.com）に掲載されていたものを、改稿のうえ書籍化したものです。
※この作品はフィクションであり、実在の人物・団体・法律・事件などとは一切関係ありません。

虐げられた秀才令嬢と隣国の腹黒研究者様の
甘やかな薬草実験室
2023年11月12日　1刷発行

著　者　琴乃葉
イラスト　さんど
編集人　山口純平
発行人　倉次辰男
発行所　株式会社主婦と生活社
〒104-8357　東京都中央区京橋 3-5-7
03-3563-5315（編集）
03-3563-5121（販売）
03-3563-5125（生産）
ホームページ　https://www.shufu.co.jp
製版所　株式会社二葉企画
印刷所　大日本印刷株式会社
製本所　共同製本株式会社
デザイン　井上南子
編集　髙栁成美